Eva Konrád

Die Geschichte der weißen Orchidee

novum ∎ pro

Dieses Buch ist auch als e-book erhältlich.

Bibliografische Information
der Deutschen Nationalbibliothek:

Die Deutsche Nationalbibliothek
verzeichnet diese Publikation in
der Deutschen Nationalbibliografie.
Detaillierte bibliografische Daten
sind im Internet über
http://www.d-nb.de abrufbar.

Gedruckt in der Europäischen Union
auf umweltfreundlichem, chlor- und
säurefrei gebleichtem Papier.

© 2024 novum publishing gmbh
Rathausgasse 73, A-7311 Neckenmarkt
office@novumverlag.com

ISBN 978-3-7116-0164-3
Lektorat: Mag. Eva Reisinger
Umschlagfoto:
Aliaksandr Lobach I Dreamstime.com
Umschlaggestaltung, Layout & Satz:
novum Verlag

www.novumverlag.com

Druckprodukt mit finanziellem
Klimabeitrag
ClimatePartner.com/16547-2311-1001

Auch wenn die weiße Orchidee schon längst geblüht hat, werden deine freundlichen Worte für immer in meinem Herzen bleiben.

Inhaltsverzeichnis

Das erste Kapitel
Roter Lippenstift 9
Das zweite Kapitel
Das Versprechen 16
Das dritte Kapitel
Tausend Kilometer 22
Das vierte Kapitel
Der Schatten 27
Das fünfte Kapitel
Safran 32
Das sechste Kapitel
Cappuccino 37
Das siebte Kapitel
Junge mit Cappuccino 43
Das achte Kapitel
Echter Name 47
Das neunte Kapitel
Der Verehrer 53
Das zehnte Kapitel
Indien 59
Das elfte Kapitel
Zufällige Begegnung 66
Das zwölfte Kapitel
Die Nachricht 73
Das dreizehnte Kapitel
Der Anhänger 80
Das vierzehnte Kapitel
Schatten der Vergangenheit 87
Das fünfzehnte Kapitel
Jana 93

Das sechzehnte Kapitel
Pelziges Wesen 99
Das siebzehnte Kapitel
Die Nachtstadt 107
Das achtzehnte Kapitel
Lichtstrahl 112
Das neunzehnte Kapitel
Eliz 119
Das zwanzigste Kapitel
Eine Frau mit dem Hut 123
Das einundzwanzigste Kapitel
Krankenhaus 127
Das zweiundzwanzigste Kapitel
Bananenpfannkuchen 134
Das dreiundzwanzigste Kapitel
Wieder in London 141
Das vierundzwanzigste Kapitel
Alte Erinnerungen 149
Das fünfundzwanzigste Kapitel
Schmerz 159
Sieben Monate später 165

DAS ERSTE KAPITEL

Roter Lippenstift

Aus dem Radio am Armaturenbrett dröhnte *Bad Habits* von Ed Sheeran, und als sie die Worte „*Conversation with a Stranger*" hörte, drehte sie die Lautstärke am Lenkrad höher und bog von der überfüllten Freitagsautobahn zur Tankstelle ab. Lieder können manchmal ein Gefühl hervorrufen, das tief in unserem Herzen vergessen ist. Versteckt unter den Blättern, in der Sicherheit eines alten, trockenen Baumes. Sei es das Gefühl erlebter Freude oder unterdrückter Traurigkeit, Wut oder Angst. Und gerade bei diesem Lied wurde ihr klar, dass sie ihre gesamte Beziehung zu Oskar in einem einzigen Satz zusammenfassen konnte: Gespräch mit einem Fremden. Ohne Scham, ohne Reue, ohne Emotionen, ohne Schmerz und ohne Angst. Plötzlich war sie hier, eingesperrt im Auto, war sie in der Lage, die Aufsicht zu übernehmen, die ihr all die Jahre gefehlt hatte.

Sie saß in einem schwarzen laufenden Volkswagen Passat auf einem riesigen Parkplatz und lauschte den letzten Tönen des Liedes. Dann öffnete sie die Autotür, stieg aus, strich ihr gewaschenes Haar glatt und ging mit energischem Schritt auf den gelben Oiltrans-Betrieb zu. Sie wusste, dass sie einen Mohn-Käsekuchen und einen kleinen schwarzen Espresso in einer weißen Tasse trinken würde, die nicht aus Porzellan war. Aber so gefiel es ihr. Kein Zucker, keine Milch. Heiß und lecker zugleich. Genau wie das Leben. In der sich selbst öffnenden Glastür, die ihre Figur widerspiegelte, erblickte sie roten Lippenstift. Sie liebte ihn. Ja, sogar Oskar.

Aber wie sich herausstellte, war roter Lippenstift ein treuerer Begleiter. Er betonte perfekt die schönen vollen Lippen, die von Männern unabhängig vom Alter immer angeschaut wurden. Und es gefiel ihm nicht. Ihm gefielen ihre weißen Chiffonoder Satinblusen nicht. Ihm gefielen ihre engen schwarzen Hosen nicht. Ihm gefiel ihr weißes Spitzen-Sommerkleid nicht. Ja, schwarz und weiß. Und dazu roter Lippenstift. Das war Lena.

Die ältere Dame vom Gottesdienst begrüßte sie und griff automatisch nach dem Mohnkuchen. Sie kannte sie schon seit Jahren und Lena bekam immer genau das Gleiche. Sie reichte ihr ein Tablett mit den Worten: „Das Gleiche wie immer. Bitte schön."

„Ja, das Gleiche wie immer", antwortete Lena und fügte dann noch hinzu: „Manche Gewohnheiten ändern sich im Leben nicht, aber manche Menschen schon."

Die Kellnerin wollte etwas sagen, aber Lena drehte sich um und setzte sich auf die hohen Holzstühle direkt neben der Glasscheibe. Sie ließ einen Dessertlöffel vorsichtig über den ordentlichen Käsekuchen gleiten, bevor sie die Oberseite des Kuchens abschnitt und ihn in ihren Mund steckte. Sie schloss für eine Sekunde die Augen und verstand, dass Liebe der unergründlichste, wundervollste und zugleich schmerzhafteste Auftakt und Höhepunkt des Lebens ist.

Durch das Fenster beobachtete sie die herannahenden Autos. Menschen unterschiedlichen Alters, die zum Auftanken kamen. Ihre Partner, Kinder, Hunde. Sie beobachtete die Farben, die sie für ihre Autos wählten. Manchmal hatte sie das Gefühl, dass dieselben Farben ähnliche Menschentypen hervorbrachten. Sie tankten stirnrunzelnd, grübelnd, manchmal auch hastig abgelenkt. Nur wenige von ihnen lächelten.

Was ist passiert, dass wir es alle so eilig haben? War sie die Einzige, die auch nach einer Stunde nicht gehen wollte? Von Kaffee und Kuchen bis zur Realität des Alltags? Sie wollte träumen und ihr Leben so leben, wie sie es wollte. Sie wollte nicht lernen, zu akzeptieren, was von ihr erwartet wurde. Lebe in einer Kleinstadt und gehe häufig zu den örtlichen kleinen Lebensmittelgeschäften, wo jeder jeden kannte. Wo jeder dachte, er hätte das Recht, in das Leben anderer Menschen einzudringen. Ich gebe ihnen Ratschläge, nach denen niemand gefragt hat. Niemand konnte in ihren Kopf sehen, in ihre Gefühle, und das passte zu ihr. Sie war nicht introvertiert, sie fühlte sich einfach wohl, nicht über sich selbst zu reden. Er redete gern, er erzählte ihr alles. Und sie hörte geduldig zu. Von Anfang an schenkte sie jedem seiner Worte volle Aufmerksamkeit. Sie bewunderte ihn, blickte zu ihm auf. Sie hörte ihm interessiert zu. Sie hielt ihn für weise, gebildet und charismatisch. Als sie einmal gemeinsam das Abendessen kochten, flüsterte er ihr sanft ins Ohr:

„Du bist eine tolle Köchin." Sie würde in diesen Worten baden, wenn sie könnte.

„Ich bin definitiv keine bessere Köchin als du", widersprach sie glücklich und lächelnd im Herzen.

„Für mich geht es nicht darum, ob ich kochen kann oder nicht. Aber es stimmt, dass es mir gefällt, wenn du das Essen zubereitest", lächelte er verschmitzt und zeigte seine weißen Zähne.

„Du lobst mein Essen also nur, weil du zu faul bist, es selbst zu kochen, und weil dir mein Service gefällt", lachte sie ebenfalls und warf einen mit Sahnesoße verschmutzten Topf nach ihm. Aber er beugte sich vor, küsste sie auf den Mund und leckte dann vorsichtig die köstliche Soße aus dem Topf.

„Ich mag es, wenn du kochst, das weißt du. Wenn hier gekocht wird, habe ich das Gefühl, dass alles in Ordnung ist. Ich fühle mich hier zu Hause", sagte er sanft.

„Ich liebe dich, mein Schatz", antwortete sie und fühlte sich besser als je zuvor. Er war der Mittelpunkt ihres kleinen Universums. Sie konzentrierte ihre ganze Energie darauf, ihn glücklich zu machen.

Doch als sie sich ihm dann öffnete, änderte sich alles.

„Ich habe dir einen rosa Rollkragenpullover gekauft. Er passt dir besser als deine durchsichtigen Blusen", kehrte er einmal mit einer Papiertüte voller Kleidung nach Hause zurück.

„Aber ich hasse Rollkragenpullover. Ich habe das Gefühl, dass ich darin ersticke", versuchte sie zu argumentieren.

„Wieso erstickst du …?", fragte er mit gereizter Stimme.

„Na ja, normalerweise ersticke ich, genauso wie ich jetzt in diesem Gespräch ersticke", sagte sie wütend.

„Ich habe noch nie davon gehört, dass jemand in einem Rollkragenpullover erstickt. Schau dir Milans Frau an. Sie trägt seit

Jahren Rollkragenpullover. Sie unterstreichen ihre Weiblichkeit. Ich kenne sie schon lange, aber ich habe sie noch nie darin ersticken sehen. Aber natürlich ist nichts, was ich für dich kaufe, gut für dich."

Er warf die Tasche auf den glänzenden grauen Boden im Flur und ging schnell zur Tür. Er schlüpfte in ein Paar weiße Nike-Schnürschuhe, öffnete die schwere Sicherheitstür und schloss sie auf eine Weise, die im gesamten Treppenhaus widerhallte. Sie konnte hören, wie er die Treppe hinunterstapfte, bis seine Schritte schließlich verklangen.

Er wollte sie verändern. Wie ein Kuchenrezept. Das Rezept hat er in einem alten, ramponierten Kochbuch aufgeschrieben. Und Jahre später stellt er fest, dass es ihm nicht gefiel. Er wollte ihr etwas nehmen, die Zutaten ändern, ihre Identität völlig auslöschen. Ist er verrückt geworden? Nein. Er sagte, dass sie es war. Sie sollte wie eine Nachbarin sein. Aber warum? Sie verstand es nicht. Hat er es wirklich nicht verstanden? Dass sie ein einzigartiger Kuchen ist, fluffig, lecker. So saftig mit Äpfeln. Dass sie niemals eine Windmühle sein wird.

***

Am nächsten Abend briet sie eine in Stücke geschnittene Hähnchenbrust an und fügte frische Eicheln hinzu, was ihm gefiel.

Sie war dreiundzwanzig, als sie anfingen, sich zu treffen. Ein unhöfliches Mädchen, enttäuscht von der Liebe.

Er sagte zu ihr: „Du bist wie eine weiße Orchidee. Schön, aber wild. Mit ihrer Meinung und ihren Träumen. Zerbrechlich, die die Berührung von Fremden nicht mag, aber gleichzeitig auch unter den härtesten Bedingungen überlebensfähig ist."

Und sie sah ihn nur liebevoll an und konnte nicht sprechen. Sie war nicht in der Lage, ein solch seltsames Kompliment anzunehmen, aber tief in ihrem Inneren spürte sie, dass Oskar seine Worte aufrichtig meinte.

Aber dann hat er sie gebrochen, sie aus der Wildnis geholt. Er schloss sich mit heruntergezogenen Jalousien im Wohnzimmer ab. Zu ihrem fünfundzwanzigsten Geburtstag schenkte er ihr einen Gutschein für ein Tattoo-Studio. Und so waren plötzlich nicht nur ihre feinen Haare mehr das Einzige, was ihren Rücken schmückte. Es tat weh und sie mochte keine Tätowierungen. Auf niemandem. Und überhaupt nicht bei ihr. Ihre Haut gehörte ihr allein, sie wollte nicht von jemandes Hand bemalt werden. Und doch saß sie mit nebligen Augen und Tränen auf den Wangen im Tattoo-Stuhl.

„Tut es weh?", fragte der große, stämmige Mann, der sie tätowierte. Er hatte Tätowierungen auf beiden Armen, die seinen athletischen Körper betonten, und sein Gesichtsausdruck flößte Respekt ein.

„Nein", antwortete sie unter Tränen und schüttelte den Kopf.

Der Mann sah sie seltsam an und sagte dann: „Tätowierungen erinnern uns manchmal an die Schmerzen, die wir durchgemacht haben. Und indem es dauerhaft auf der menschlichen Haut verbleibt, zwingt es unser Herz zur Vorsicht." Plötzlich wischte er mit seiner großen Hand eine Träne von ihrer heißen Wange. Die Geste kam so plötzlich, so voller Freundlichkeit und Menschlichkeit, dass sie beide verblüfft waren und sich ein paar Minuten lang schweigend ansahen.

Sie hatte das Gefühl, dass er sie damals wirklich liebte. Doch was hat sich im Laufe der Jahre verändert? Wo ist der Fehler passiert? Und jetzt sitzt sie hier allein, sie hatte es nicht verstanden. Gestern wurde sie einunddreißig und alles sollte anders werden. Sie spürte es und verließ plötzlich die Tankstelle. Nein, sie war nicht traurig, nur eine sanfte Träne lief über ihre Wange. Aber als sie das Auto aufschloss und die sanfte Brise in ihren wallenden Haaren spürte, lächelte sie. Sie wusste, dass Freiheit so schmeckte, und holte tief Luft.

„Danke", sagte Lena und wischte sich dann selbst die letzten Tränentropfen von ihren heißen Wangen. Und der Tätowierer setzte seine Arbeit fort, als wäre nichts passiert.

Das Ergebnis war erstaunlich. Oskar war begeistert. Er streichelte ihren nackten Rücken und bewunderte die wunderschöne weiße Orchidee.

„Du bist meine wunderschöne weiße Orchidee. Für immer. Weißt du das?", flüsterte er ihr ins Ohr.

„Ich weiß. Nur deine", flüsterte sie und flog in die Höhe. Hoch.

Sie hat letzte Woche eine Nachbarin getroffen. In der Sauna. Sie ging von Anfang Oktober bis Ende März in die Sauna. Regelmäßig mittwochs und freitags. Immer zur gleichen Zeit. Seit Jahren in der gleichen Sauna. Und sie hat dort nie diese Nachbarin getroffen. Sie wusste nicht, ob es nur ein Zufall war. Sie sah sie in der Umkleidekabine. Ausgezogen, mit dem Rücken zur Tür. So viele Zufälle. Plötzlich. Auf ihrem athletischen Rücken trug sie eine frisch tätowierte weiße Orchidee. Genau die Nachbarin, von der Oskar ihr so viel erzählt hatte. Ihre Nachbarin, die Frau seines Freundes. Perfekt, fand Oskar. Sie hätte so sein sollen wie sie.

Lena stand einfach fassungslos in der Tür. Und sie sprach mit einem Lächeln zu ihr.

„Wie geht es Oskar?", war die Frage der Nachbarin.

Die Frage, die zwei Frauen zu Rivalinnen machte. Lena zog sich nur langsam aus und enthüllte ihre weiße Orchidee. Genauso. Sie nahm ein sauberes weißes Laken, zog ihre Flip-Flops an und band ihre langen Haare zu einem französischen Pferdeschwanz zusammen. Plötzlich wurde ihr klar, wie gebeugt sie war. Und so bewegte sie sich langsam in die Höhe, schloss ihr Handtuch vor ihren Brüsten und ging direkt aus der Umkleidekabine. Die Sauna war fast leer, sie sah nur zwei Paare auf Liegestühlen und einen älteren Mann, der gerade ging. Sie ging hinein und setzte sich langsam auf die beheizten Holzbretter. Die ersten Schweißtropfen ließen nicht lange auf sich warten. Sie rollten über ihre Wangen, als würden sie rennen. Aber nur sie wusste, dass es kein Schweiß, sondern Tränen waren. Ruhig und heiß.

Sie brannten mehr als ein Saunagang und betäubten mehr als eine eiskalte Wanne. Sie würde in einer Woche einunddreißig werden. Und jetzt fühlte sie sich alt und verletzt. Eigentlich wie eine gepflückte, zerbrochene Orchidee.

Als sie die Wohnungstür aufschloss, war es überall dunkel. Sie blieb bis zum Finale in der Sauna. Sie wechselte zwischen

Weinen und dem Eintauchen in das eiskalte Wasser in der Wanne. Reinigungstherapie. Sie redete die ganze Zeit mit niemandem. Auch wenn der ältere Herr bemerkte, dass es heute ruhig in der Sauna war, schwieg er. Sie starrte nur schweigend vor sich hin. Sie musste ihren Körper ermüden, denn sie wusste, dass sie nur so ruhig bleiben und einschlafen konnte. Sie wollte keine Szene, sie wollte nicht schreien und sie wollte überhaupt nicht vor ihm weinen. Als sie nach Hause kam, zog sie ihre hellblauen Jeans und den engen rosa Rollkragenpullover aus, wohlwissend, dass sie diesen nie wieder tragen würde. Oskar hat ihn für sie gekauft. Aber erst heute ergab alles einen Sinn. Genauso verließ sie auch die Sauna mit der Nachbarin.

Sie zog ihren Pyjama an und spürte die weiche Berührung des Satins. Nein, das hat Oskar ihr nicht gekauft. Er mochte Subtilität und Eleganz nicht. Er mochte Sport und Wettkämpfe. Genau wie die Nachbarin. Nein, sie hat ihren Namen nicht gerufen. Nur Nachbarin. Denn der Name würde ihr auch bei einem Weggang im Gedächtnis bleiben, doch die Nachbarin wird durch eine andere Nachbarin ersetzt. Aber nicht heute. Er wird heute nicht packen, er wird nicht gehen. Es wäre zu demütigend. Zu schmerzhaft. Und sie wusste, dass sie noch ein paar Tage durchhalten musste.

DAS ZWEITE KAPITEL

Das Versprechen

Elena und Juraj saßen nervös nebeneinander auf abgenutzten Holzstühlen in einem kleinen, unbelüfteten Raum. Elena trug ein langes Blumenkleid mit Faltenrock. Sie trug es immer zu Hochzeiten oder Familienfeiern. Sie fühlte sich darin wohl und gepflegt. Das Kleid hatte lange Ärmel und über ihren Schultern hing ein weißer Strickpullover mit Knöpfen. Im Zimmer war es warm, aber Elena wollte nicht nervös wirken, also nahm sie den Pullover nicht von den Schultern.

„Hier ist es warm, nicht wahr?", fragte der ältere, grauhaa-rige Angestellte und blickte das Ehepaar an. Juraj nickte nur knapp und seine noch immer dichte Lockenmähne wedelte sanft. Ohne ein Wort zu sagen, griff Elena nach dem Glas Was-ser, das vor ihr auf dem Tisch stand. Ihr frisch gelocktes Haar fiel ihr leicht in den Nacken und eines blieb an der Kette hän-gen, die Juraj ihr zu ihrem Hochzeitstag geschenkt hatte. Es war ihr zehnter Jahrestag.

Juraj wischte sich diskret die verschwitzten Hände an der gebügelten dunkelgrünen Hose ab, die Elena für ihn zu seinem hellbraunen Hemd vorbereitet hatte. Er versuchte, ruhig zu wir-ken, aber der Stuhl war hart und unbequem. Genau wie dieser ganze Adoptionsprozess.

Er wollte keine Veränderung, er war auch ohne Kinder glück-lich. Aber Elena weinte im Laufe der Jahre ständig. Sie litt un-ter Depressionen, seit sie sich einer großen gynäkologischen Operation unterzogen hatte. Nach vielen Bestrahlungen war ihr Körper schwach und abgemagert. Juraj versuchte sein Bes-tes, um sie zu unterstützen.

„Wenn es dir wieder gut geht", sagte er zu ihr, während er be-sorgt an ihrem Metallbett in einem nahegelegenen Krankenhaus saß, „fahre ich mit dir ins sonnige Italien im Sommer. Wir werden einfach sorglos durch die alten engen Gassen schlendern, in denen man den Duft des Meeres spüren kann. Und dann sitzen wir auf der Terrasse direkt mit Blick aufs Meer und ich bestelle dir ein leckeres Tiramisu."

Für ihn reichte ein solches Leben, für Elena jedoch nicht. Sie lächelte nur traurig.

„Ich will nicht mehr gesund werden, mein Leben hat keinen Sinn", und sie weinte. „Ich habe mir einen kleinen Jungen mit schwarzen Locken vorgestellt, ganz nach dir", schluchzte sie.

„Elena, es reicht mir, dass du hier bist. Ich brauche keinen schwarzhaarigen Jungen. Schließlich sind wir beide glücklich", versuchte Juraj, sie zu beruhigen.

Doch sie verfiel in immer tiefere Depressionen, in denen sie mehrere Wochen lang ihr Bett nicht verließ. Bis schließlich Juraj landete.

Der Adoptionsprozess dauerte zwei Jahre. In dieser Zeit gelang es den Beamten, nahezu jeden Zentimeter ihrer Wohnung auf Gefühle, Privatsphäre, Hingabe und Bereitschaft für ein Kind zu untersuchen.

„Wenn Ihre Frau erneut krank wird, sind Sie dann bereit, sich gleichzeitig um sie und das Baby zu kümmern?", fragte die Beraterin und nippte an ihrem Kaffee.

Wie, noch mal? Er wollte Elena nicht noch einmal krank sehen. Natürlich war er nicht darauf vorbereitet, dass seine Frau erneut erkranken würde. *Was sind das für Fragen?*, schwirrte in Jurajs Kopf herum. Schließlich konnte er nichts tun, als Elena im Krankenhaus war, so sehr machte er sich Sorgen um sie. Er begann sogar heimlich mit dem Rauchen. Bei der Arbeit, im Hinterhof, unsichtbar.

Doch seine entschiedene Antwort, „Ich bin bereit", überraschte selbst ihn, als er es mit tiefer Stimme sagte. In diesem Moment hatte er keine Ahnung, wie nah die Frage an der Realität sein würde. Wenn er nur die Wahl gehabt hätte, hätte er keinem adoptierten Kind erlaubt, die Intimität ihres Ehelebens zu stören. Nach zwei Jahren endloser Fragen hatte er das Gefühl, dass sich am Ende nichts ändern würde. Und er war tatsächlich zufrieden. Elena ging es besser. Er konnte ihr Leben wieder aktiv nennen. Warum also etwas ändern?

Doch am 9. August 1998 klingelte ihr Telefon. Elena nahm ab, nachdem sie Juraj seinen Nachmittagskaffee zubereitet hatte.

„Ein dreijähriger Junge namens Eduard ist zur Adoption bereit", verkündete der Obersekretär nach einer knappen Begrüßung.

Aus Elenas rechtem Auge lief eine Träne und sie brach auf dem Stuhl zusammen. Juraj erschrak über das Geschehene und stand von dem noch warmen Kaffee auf, der in der Küche duftete. Er streichelte sanft Elenas duftendes Haar und küsste ihre rechte Wange, die tränennass war.

„Hat er schwarzes lockiges Haar?" Elena sprach schließlich wieder und in diesem Moment löste sich Juraj von Elena. Als sie abends mit einem glückseligen Lächeln im Gesicht einschlief, verschwand er leise auf der dunklen Straße und zündete sich eine Zigarette an. Er beobachtete die Nachtstraße, es war völlig ruhig und schien sicher. Genau wie ihre bisherige Beziehung.

Über die leiblichen Eltern des dreijährigen Eduard hatten sie keine Informationen. Leicht unterernährt wurde er in Elenas Arme gebracht. Als die traurigen dunklen Augen Elena zum ersten Mal ansahen, blitzte Angst auf. Doch Elena umarmte den kleinen Eduard mit ihrer freundlichen Stimme und suchte sein verängstigtes Herz.

„Edko, du bist bei Mama, alles wird gut", flüsterte sie ihm zu, ihre Augen voller Tränen. Sie hatte noch nie ein so großes Gefühl verspürt wie bei der ersten Umarmung von Eduard. Das war genau das, was sie so sehr wollte. Mutter sein. Ein duftendes Baby in Armen halten und es beschützen. Um ihm zu geben, was es nicht hatte. Ein Heim. Sie streichelte sein lockiges Haar und hatte Angst, dass sie aufwachen und Juraj ihr sagen würde, dass es nur ein Traum war.

***

Der kleine lockige Eduard hielt krampfhaft Jurajs kalte Hand. Er wollte sie nicht loslassen, er hatte Angst vor so einer Menge Fremder, die um sie herum standen. Er schnurrte und rief ständig: „Mama, Mama." Juraj drückte bei diesen Worten seine Hand noch fester, bis der kleine Junge in Tränen ausbrach. Er verstand nicht, wo Mama war. Er war noch nie so lange ohne sie allein gewesen. Dann bückte sich der blasse Juraj und nahm ihn in die Arme. Er wurde dieses Jahr erst acht Jahre alt und verlor zum zweiten Mal in seinem Leben seine Mutter. Man sagt, dass Kinder sich nicht an viel aus ihrer Kindheit erinnern können, aber er erinnerte sich für immer an diesen Tag. Die Beerdigung seiner Mutter. Die Blicke von schwarz gekleideten Menschen, denen er leid tat. Die Hand dieses kalten Vaters, der seine kleine Hand hielt. Alles bis ins kleinste Detail. Oder war es nur eine Fantasie, die seinen Schmerz, seine Trauer und seine Unruhe auch im Erwachsenenalter schürte?

„Ich liebe dich, mein lockiger Junge", sagte ihm seine blonde Mutter, die sein Vater aus irgendeinem Grund Elena nannte, jeden Abend gute Nacht. Und er lächelte. Er war ein gehorsames Kind, das die ersten drei Jahre seines Lebens völlig vergessen hatte. Er genoss die Liebe, die seine Mutter ihm entgegenbrachte. Ein Jahr ist vergangen, seit er sich der Familie von Elena und Juraj angeschlossen hat, als die Tage der Freude und des unaussprechlichen Glücks seiner Mutter erneut durch eine heimtückische Krankheit zerstört wurden. Allerdings merkte er davon zunächst nichts, seine Mutter liebte ihn noch mehr und sein Vater verbrachte jede freie Minute mit ihnen. Der einzige Unterschied bestand darin, dass sie nicht so viel Zeit im Garten oder im Park verbrachten, sondern am Bett ihrer Mutter. Und sie erzählte ihm Märchen, bei denen sogar der Vater verstummte und sich von der anderen Seite an die Mutter kuschelte. Sie hatte eine samtige Stimme, so sanft, so zärtlich.

„Und dann rettete ein tapferer Ritter das ganze Königreich vor einem bösen Zauberer ...", und in diesem Moment schlief er sanft ein. Obwohl er keine Ahnung hatte, was Tapferkeit war. Und er hatte keine Ahnung, dass ein böser Zauberer namens

Disease sein gesamtes Königreich zerstören würde. Denn als er die Augen schloss, konnte er Mama und Papa nicht reden hören. Wie Papa weinte und Mama war die Mutige.

„Ruh dich bitte aus. Ich werde ihn ins Bett tragen", sagte Juraj. Elena schüttelte den Kopf. „Nein, bitte, lass ihn hier bei uns. Schau, wie friedlich er schläft", sagte sie müde.

„Ich habe Angst um dich, ich habe Angst, dass ich alleine hier bleibe", sagte Juraj leise.

„Aber du wirst nie wieder allein sein, du hast einen lockigen Jungen", lächelte Elena schmerzlich. Und sobald sie wusste, was Juraj durch den Kopf ging, sagte sie mit strenger Stimme: „Du musst mir versprechen, dass du diesen Jungen nicht wieder nach Hause bringst, egal, was passiert. Du musst es mir versprechen. Er darf sein Zuhause nicht mehr verlieren … Verstehst du?"

Und Juraj verstand, aber er empfand nie die gleiche Liebe für den Jungen wie Elena. Er wollte sie anschreien, dass er nur sie liebte. Keinen Jungen. Einen Fremden. Dass die Locken, die er hat, nicht seine waren. Dass er nicht wie er aussah. Trotz der Tatsache, dass Elena oft etwas anderes sagte. Aber der Schmerz, den er empfand, als er zusah, wie sie vor seinen Augen verschwand, ließ ihn ein Versprechen geben, das er nie brach.

Juraj wurde alt, aber die Erinnerung an Elena verblasste nie. Nach ihrem Tod zog er sich zurück und blieb mit dem Jungen allein. Er konnte sich um den Haushalt kümmern, aber die Liebe einer Mutter konnte er nicht ersetzen. Er konnte sie nur mit Worten beschreiben, als der kleine lockige Junge ihn anflehte, über seine Mutter zu sprechen.

„Bitte, Papa, erzähl mir, wie Mama war, als ich ein kleiner Junge war …", forderte der Junge, da er in seiner Fantasie in die Zeit zurückkehren wollte, als sie noch lebte.

„Sie war ein Engel, sie war zerbrechlich und sie liebte dich von ganzem Herzen. Sie hat dir abends immer ein Märchen erzählt. Sie sagte, du wärst ihr Lockenjunge und jede deiner Locken sei wie meine. Dass wir ihre beiden lockigen Lieben sind", sagte Juraj zu ihm und sehnte sich danach, diese Worte selbst zu hören.

„Erzähl mir bitte von der weißen Orchidee", bettelte der lockige Junge weiter

„Die weiße Orchidee wurde im Schloss verflucht ..." Juraj erzählte ein von Elena erfundenes Märchen, und der kleine Junge ergriff sanft den weißen Orchideenanhänger, den er nie von seinem Hals nahm.

Und Juraj war glücklich. Und auch der kleine Lockenjunge schloss für einen Moment die Augen und stellte sich vor, wie seine Mutter ihm über die Haare streichelte. Ihr sanfter Duft, ihre fürsorglichen Hände, die ihn immer streichelten. Er wollte seine Augen nicht öffnen, weil er wusste, dass seine Mutter nicht da sein würde. Er drückte einfach fest den Anhänger, der ihn wärmte, und er spürte die Wärme und den Schlag des Herzens seiner Mutter. Er stellte sich vor, wie er die weiße Orchidee gerettet hatte und wie stolz seine Mutter auf ihn war. Ein mutiger kleiner lockiger Junge.

DAS DRITTE KAPITEL

Tausend Kilometer

Die Flughafenhalle war überfüllt. Eine Gruppe junger Studenten lachte nachlässig. Ein älterer Mann saß nervös an der Bar und nippte an grünem Tee. Das Flugzeug sollte um viertel vor sechs starten. Sie hatte einen Handgepäckskoffer dabei.

„Haben Sie Aufgabegepäck?", fragte eine junge Frau in Uniform, während sie das Ticket überprüfte.

„Nein", sagte sie leise und fuhr noch leiser fort: „Ich konnte mein ganzes Leben in einen Handgepäckskoffer packen", endete sie traurig und wartete nicht auf die Reaktion der Frau, sondern fuhr sich nervös durch die Haare. In der blassrosa Handtasche, die quer über ihrer Schulter hing, piepte leise eine Nachricht. Die Frau in Uniform nickte nur verständnisvoll, als wäre sie an solche Antworten gewöhnt.

Sie ließ alles in Oskars Wohnung zurück. Sie sagte ihm nicht wirklich, dass sie nicht zurückkommen würde.

„Wie lange wirst du weg sein?", fragte Oskar beim Abendessen neugierig. Und sie wusste genau, warum er sie fragte. Aber mit einem Lächeln im Gesicht sagte sie:

„Du hast Angst, dass du hier ohne mich hungrig bist, du Schlaukopf", antwortete sie und lachte. Wie gut muss ein Schauspieler sein, um seine Wut, seine Traurigkeit, seinen Schmerz in der tiefsten Kammer einzusperren und den Schlüssel wegzuwerfen. Und ohne den Schlüssel wird niemand jemals erfahren, was er wirklich fühlte. Er lachte auch.

„Du weißt, dass du mich verwöhnt hast. Ich gestehe ohne Folter. Ohne deine Fürsorge wäre ich ein ganzes Jahr lang hungrig", er ging auf sie zu und küsste sie sanft auf den Hals. Der Punktestand war unentschieden. Oskar hat genauso gut gespielt wie sie. Darüber hinaus vielleicht sogar noch besser. *Oskar hätte einen Oscar verdient*, dachte Lena und lachte bei dem Gedanken wirklich laut.

Sie rollte sich tiefer in ihren dicken weißen Pullover hinein und machte es sich auf einem blauen Plastikstuhl bequem. Er war so weich und roch nach dem Weichspüler, den Milan ihnen mitgebracht hatte. Sie konnte die sanften Noten der Orchidee riechen. Als würde die weiße Orchidee sie verfolgen. Sie ließ ihr hellbraunes Haar offen, und als in der überfüllten Flughafenhalle Tränen zu fließen begannen, schlang sich ihr Haar noch mehr über ihr Gesicht. Sie richtete sich unbewusst wieder auf.

„Richte dich auf", würde ihre Mutter sagen. „Die Einstellung unseres Körpers zeigt anderen, wie wir uns fühlen", sagte sie ihr oft. Und sie wollte nicht gebeugt und gebrochen gesehen werden. Was in ihr vorging, war allein ihre Sache. Sie steckte sich Zimtkaugummi in den Mund und schaute auf ihr stummes Handy. Nachricht von Oskar.

„Viel Glück, Orchidee." Sie lächelte. Bis zur letzten Minute ein guter Schauspieler. Sie tat ihm tatsächlich einen Gefallen, dachte sie. Sie verließ ihren Platz alleine, ohne zu schreien oder zu streiten. Sie wusste, dass sie leise gehen musste, sonst würde sie zusammenbrechen. Und so schrieb sie ruhig zurück: „Danke, ich liebe dich."

Oskar wusste nicht, dass sie ihren Job gekündigt hatte. Er wusste nicht, dass sie Freunde in London um Hilfe gebeten hatte und dass sie in zwei Tagen einen neuen Job antreten würde. In einem kleinen magischen Café. Wie im Roman Café am Ende der Welt. Dieses Exemplar befand sich am Rande von London in einer engen Straße, in der keine Autos fuhren. Mit schöner Terrasse und Blick auf den Park. Plötzlich erinnerte sie sich, dass sie das Buch mitgenommen hatte. Es ist Zeit, das Handy wegzulegen. Es ist Zeit, in die Geschichte anderer Menschen einzutauchen, denn die eigene ist zu schmerzhaft. Als sie klein war, brachte ihr ihre Mutter die Liebe zu Büchern bei. Sie hat sie einmal dabei erwischt, wie sie in einem Buch zeichnete. Sie nahm ihr das Buch aus der Hand und sagte geduldig:

„Deine Buchstaben haben dem Buch geschadet", ermahnte sie zum Schein mit strenger Stimme.

„Wie?" Die kleine Lena verstand es damals noch nicht.

„Es hat seine eigenen Buchstaben, die das Königreich des Buches ausmachen. Alle anderen Buchstaben, zum Beispiel mit einem stumpfen Bleistift und deiner kindlichen Hand geschrieben, wirken wie eine Armee, die gekommen ist, um in das friedliche Königreich des Buches einzudringen", sagte sie langsam und sah Lena an, um zu sehen, ob sie es verstand.

„Ich werde nie wieder in ein Buch schreiben", rief die kleine Lena und bedauerte, dass ihre Buchstaben das ganze Königreich zerstören könnten. Ihre Mutter umarmte sie dann und tröstete sie mit freundlichen Worten. Sie weckte ihre Liebe zu Büchern weiter und als sie erwachsen wurde, änderte sie auch die Worte:

„Nur Bücher lindern deinen Kummer, lindern deinen Schmerz. Sie sind Medizin, sie sind heißer Tee mit Honig, sie sind Sonntagssuppe." Vielleicht ahnte sie schon, dass Lena eines Tages sehr traurig sein würde. Sie wiederholte diese Worte so oft, dass sie jedes Mal, wenn Lena Probleme hatte, zum Buch griff.

Die Briefe hoben langsam ab, genau wie das Flugzeug abhob. Sie sehnte sich danach, wieder Tinte in ihrem Herzen zu haben, den Geruch eines gedruckten Buches, das Rascheln von Papier. Ganz in die Geschichte einzutauchen, die sich dem kalten Wind und ihren eigenen schwarzen Gedanken entzog. Sie wusste, dass sie gefährlich waren. Aber sie wusste nicht immer, wie sie diese überwinden und in eine andere Richtung gehen konnte. Aber heute, an der Schwelle zu einem gebrochenen Herzen, sehnte sie sich danach, oder vielmehr hoffte sie, über den Wolken zu fliegen, genau wie das Flugzeug, in dem sie saß. Sie las sich ein. Sie hatte nicht einmal Zeit, einen kleinen Espresso zu bestellen, als das Flugzeug landete.

***

Der Besitzer vermietete eine kleine Einzimmer-Wohnung direkt über dem Café. Er wusste nicht, dass jemand kommen würde, der sie so sehr brauchen würde. Er hatte sie erst letzte Woche fertiggestellt und der Flur roch nach frischem Anstrich. Es gelang ihm, aus dem alten Lagerhaus eine Schutzzone für die verletzte Lena zu zaubern.

Lena konnte es nicht glauben. Gepolstertes großes Bett, schöner weißer Kleiderschrank und auf der anderen Seite eine gemütliche kleine Küche. Flur mit Kleiderbügel, geräumiges Badezimmer mit Toilette, ebenfalls in Weißtönen gehalten. Und die Aussicht war atemberaubend. Park, Bäume, Wege dazwischen und in der Ferne nur endloses Grün. Genau hier in London.

Der Besitzer war ein älterer Herr, er hatte das gesamte Haus von seinem reichen Vater geerbt und im Erdgeschoss ein gemütliches Café eingerichtet. Er selbst verstand nicht, warum er sich für Lena entschieden hatte, da er sie noch nie persönlich getroffen hatte, aber vielleicht spürte er …

Lena schlief auf einer mittelharten Matratze in dunkelblauen Jeans und einem weißen Pullover ein. Mit einem Buch in den Händen. So süß, als hätte sie hier schon seit Jahren geschlafen. Lediglich der ausgepackte dunkelgraue Koffer mit kaputtem Griff behauptete etwas anderes. Sie wachte nachts kein einziges Mal auf, sie schlief ohne Decke, aber es war ihr trotzdem angenehm warm. Erst am Morgen wurde sie durch ein leises Klopfen geweckt. Vorsichtig öffnete sie die Augen, um zu sehen, ob der dunkle Schatten von gestern in der Ecke lauerte. Sie drehte ihren Kopf zum Fenster und lächelte. Der sanfte Regen machte neugierig auf das neue Gesicht, das in einem kleinen Londoner Viertel gelandet war.

„Natürlich regnet es. Was sonst? Willkommen in London", murmelte sie vor sich hin. Sie stand auf und zog ihren Pullover aus, aus dem der Duft der Orchidee langsam, aber sicher verschwand. Er vermischte sich mit dem Geruch des Flugzeugs, der Straße und der Reise. Sie zog auch ihre Blue Jeans aus und blieb nur in einem weißen Tanktop und einem Satinhöschen, das ihren müden Körper umschmeichelte. Sie stand lange, sehr lange am Fenster. Sie wusste, dass niemand sie sehen konnte. Und sie stand einfach da und schaute zu. Sie konnte nicht genug von den unaufhörlichen Regentropfen bekommen, die bis zum Abend ununterbrochen fielen. Der graue Himmel verdunkelte sich noch mehr, verschlang Lenas Traurigkeit und sie holte einfach tief Luft.

„Ich bin Single, so schön single", hätte sie fast geweint. Und sie fing an, die Worte aus ihrem Lieblingslied zu singen: „*Told myself that you were right for me but felt so lonely in your company …* celá tá pieseň bola o nich dvoch … *Now you're just somebody that I used to know*", wiederholte sie den letzten Satz und wünschte, sie würde es glauben. Damit Oskar wirklich für sie, für ihr Herz, nur jemand war, den sie einmal kannte.

Im Badezimmer warteten ein dunkelbraunes Handtuch und quadratische Naturseife, ebenfalls dunkelbraun, auf sie. Sie duschte lange und ließ das warme Wasser und die weiche Schokoladenseife die letzten Reste des Orchideendufts wegspülen. Der Schokoladenduft erinnerte sie daran, dass sie hungrig war. Als sie, in ein weiches Handtuch gehüllt, aus dem nebligen Badezimmer kam, fühlte sie sich wie neu geboren und schaltete das Licht ein. Die gesamte Wohnung war lichtdurchflutet, Spot-Deckenleuchten erhellten das Zimmer, die Küche und den Flur geschickt und die Räume wirkten größer, als sie tatsächlich waren.

„Licht beeinflusst unseren Geist und wir sehen plötzlich anders, ohne Schatten, Dunkelheit. Freier", kamen ihr die Worte ihrer Mutter in Erinnerung, die Licht, Sonne und alles liebte, was Helligkeit ins Leben bringen konnte.

Doch Lena legte schnell den Schalter um, sie hatte plötzlich Angst vor so viel Licht. Sie wollte ihre Düsternis, ihre Schatten zurück. Die Dunkelheit schützte sie vor ihren eigenen Wunden. Was sie sah, erschreckte sie fast. An den Wänden hing eine zarte, altrosa Tapete, übersät mit Hunderten von weißen Orchideen.

Manchmal reichen selbst tausend Kilometer nicht aus, damit die Wunden verschwinden, dachte Lena.

DAS VIERTE KAPITEL

Der Schatten

Magdalena blickte ihren fünfjährigen Enkel zärtlich an. Er hatte braune Augen wie sie und ihr Sohn. Nur seine Härchen waren dunkelrot. Sie hatte noch nie eine solche Farbe gesehen, aber sie war wunderschön. Seine wunderschönen Locken drehten sich sanft. Er sah seiner Mutter sehr ähnlich, mit sanften mädchenhaften Gesichtszügen im Kontrast zu großen dunklen Augen. Magdalena ergriff die Hand ihres Enkels fester, als sie an dem leeren, verlassenen Garten am Ende der Straße vorbeigingen. Ihr wurde klar, dass hinter dem Zaun etwas Schlimmes lauerte, und sie beschleunigte unbewusst ihr Tempo. „Warum hältst du mich so fest, Oma?", fragte der kleine Junge. Sie wurde langsamer und sah ihn an.

„Weil meine Liebe zu dir so stark ist wie der Griff meiner Hand." Der Enkel lächelte und sie vergaß den Schatten, der am Ende der Straße lauerte. Nicolas wollte den Namen jedes Hundes auf der Straße wissen, jedes Kätzchens, das vorbeirannte und seinem aufmerksamen Kinderauge nicht entging. „Und das Schwarz-Weiße? Wie heißt es?" Er blickte neugierig auf die schwarz-weiße Katze. „Das ist der junge Herr Fúzik, er ist immer sehr hungrig und immer in Eile", sagte die weise Großmutter, und dem Enkel gefiel es sehr, wenn sie für jedes Tier die Anrede „Herr" oder „Frau" verwendete. Er brach in Gelächter aus. „Und die Weiße, sag, sag", drängte der Enkel lachend. „Die Weiße mit dem braunen Fleck am Ohr, das ist die alte Frau Adelka. Sie ist das älteste aller Tiere auf der Straße, sie ist sogar älter als der große schwarze Hund, Herr Jonatán", sagte die Großmutter und streichelte die Haare ihres Enkels.

Sie blieben einen Moment stehen, fast vor dem Haus, und der kleine Nicolas blickte seine Großmutter bewundernd an. „Du kennst die Namen aller Tiere auf der Straße. Oma, du bist sehr schlau." Magdalena lächelte, beugte sich zu ihrem entzückenden Enkel und küsste ihn auf die Wange. „Du bist mein kluges kleines Vöglein", sagte sie freundlich. „Ich bin kein kleines Vöglein", verteidigte sich der Enkel, „willst du, dass mich eine Katze frisst? Schließlich weißt du, dass Katzen Vögel jagen." Er sah noch bezaubernder aus, wenn er wütend wurde. „Nein, das will ich überhaupt nicht, also wirst du kein kleines Vöglein sein, sondern mein tapferer Prinz", sagte sie fast ängstlich, als ob die Bedrohung real wäre.

„Ja, ja, ich werde dein tapferer Prinz sein", stimmte Nicolas dem Spiel sofort zu.

Beide kamen angenehm müde zurück und Štefan wartete bereits auf sie. Er hatte gerade die Sonntagsbrühe fertig gekocht und es roch im ganzen Haus. Das Haus war schon älter, hatte eine weiße Fassade, Holzfenster und weiße Türen. Im Saal hing ein Foto von Magdalena und Štefan. Es entstand vor mehr als dreißig Jahren und doch kam es Magdalena vor, als sei es erst gestern gewesen. Sie standen vor dem Haus im Garten und hielten ihre beiden Kinder – einen Jungen und ein Mädchen – auf dem Arm.

Štefan arbeitete bei der Eisenbahn und hatte auch in den Krisenjahren, als viele seiner Kollegen arbeitslos waren, immer ein Einkommen. Später vermittelte er auch Arbeiten für Magdalena. Magdalena erwähnte oft, dass er mit einem unterschriebenen Arbeitsvertrag für sie nach Hause lief. „Ich habe eine Überraschung für dich", sagte er dann ganz aufgeregt. Und sie, mit ihrer kleinen Tochter im Arm und ihrem Sohn an ihrem Bein, hatte aufgeregte Augen voller Vorfreude. „Sag, sag, was es ist?", fragte sie ungeduldig, doch statt einer Antwort erhielt sie einen Kuss auf die Wange. „Uns wird es gut gehen", sagte Štefan dann.

Und dank der großen Hilfe seiner Schwester Lydia hielt er sein Versprechen. Für Magdalena wurde Lydia mehr als eine Schwägerin. Sie wurde ihre beste Freundin. Ihre Vertraute. Und Magdalena brauchte nicht mehr. Sie hatte alles. Einen guten Mann, eine treue Freundin, zwei gesunde Kinder. Oder doch? Wollte sie sonst noch etwas? Etwas, bei dem ihr nicht einmal ein enger

Freund helfen konnte? Etwas, das ihr trotz des Lächelns auf den Lippen viele Jahre lang das Herz zerriss? Sie öffnete die Duftcreme und drückte einen kleinen Klumpen auf ihre Hände. Sie waren von der Kälte trocken und rissig. Sie hatten heute ein volles Haus. Die Tochter kam auch, sie hat erst diesen Sommer geheiratet. Für ein herzhaftes Mittagessen bereitete Magdalena Ente mit karamellisiertem Kohl zu und backte einen saftigen Apfelkuchen. Sie war glücklich und die anderen auch.

„Du bist immer noch schön", flüsterte Štefan ihr zu, als er ihr die Suppe servierte. Er kochte immer die Suppe, und selbst die grauen Haare und die zunehmenden Jahre änderten nichts an diesem Ritual. Er die Suppe, sie das Hauptgericht. Štefan spielte gern mit Aromen, Gewürzen und Salz. Und so wärmte die Suppe immer die Seele, brachte seine Magdalena zum Lächeln. Er liebte sie so sehr, er beschützte sie so sehr. Sie war sein kleines verwundetes Vöglein, das zu einem wunderschönen Schwan heranwuchs. „Du hast es heute wieder geschafft, zu Mittag zu kochen, ich habe seit vielleicht einem Jahr keine Ente mehr gegessen", sagte der Sohn von Magdalena und Štefan. Er liebte es, seine Eltern zusammen zu sehen. Glücklich und zufrieden. Dann schaute er seinen kleinen Sohn an und fragte mit unverstelltem Interesse: „Erzählst du mir, was du und Oma heute gesehen habt?"

„Wir haben einen Zug gesehen, einen roten. Solchen, bei dem man auch auf dem Dach sitzen kann", sagte der rothaarige Junge weise und alle am Tisch lachten. Doch der kleine Junge ließ sich nicht beirren und fuhr fort: „Und dann sahen wir die alte Frau Adelka, die älter ist als Herr Jonatán", sagte er fast in einem Atemzug. „Nun, es scheint mir", mischte sich Štefan in das Gespräch ein, „dass du wirklich weit weg gewesen sein musst, denn in dieser Straße wohnen weder Herr Jonatán noch die alte Frau Adelka", entgegnete Opa. „Aber Opa, du kennst sie auch", war der Enkel wütend. „Oh ja, ja. Ich erinnere mich schon", sagte der Großvater nachdenklich. „Ich habe es nur vergessen, ich bin wahrscheinlich alt. Außerdem habe ich dich, mein kleines Vöglein", endete Štefan.

„Aber ich bin kein kleines Vöglein, Opa. Das habe ich auch meiner Großmutter erzählt. Hat sie es dir nicht gesagt?" Der kleine Enkel sah ernst aus. „Ja, sagte sie, aber ich habe es wieder vergessen. Und jetzt iss die Suppe, bis dir nicht mehr kalt ist. Es ist deine Lieblingssuppe. Nudelsuppe", sagte der Großvater und der Enkel begann mit Genuss, die hausgemachte Brühe mit Gemüse zu essen. Am Abend, als alle nach oben in ihre Zimmer gingen, blieben Magdalena und Štefan allein im Wohnzimmer. „Trotzdem wünsche ich dir einen schönen Abend", sagte Magdalena leise und legte ihren Kopf sanft auf Štefans Schulter. Štefan umarmte sie und tätschelte ihr den Kopf. Er hörte nie auf, ihr seine Liebe zu zeigen, es kam ihm vor, als wäre es erst gestern gewesen, dass er sich in sie verliebt hatte. Er hatte immer noch diese brennende Glut in seinen Augen, jetzt und als er sie zum ersten Mal sah. Er hatte das Gefühl, dass er nur bei ihr in Sicherheit sein würde. Er wusste nicht, warum er so fühlte. Und so versuchte er sein ganzes Leben lang, sie zu beschützen, auch wenn er nicht wusste, vor wem oder vor was. „Sehr angenehm, da alle bei dir sind, meine Liebe."

„Und morgen werden wir alle zusammen zu Lydia fahren. Wir werden ihr auch einen Apfelkuchen bringen. Er ist ihr Lieblingskuchen. Ich freue mich riesig darauf", sagte Magdalena begeistert. Štefan wusste, dass sie wie Schwestern waren. Und er war zufrieden. Aber für einen Moment glaubte er, einen schwarzen Schatten in Magdalenes freundlichen Augen zu sehen. Magdalena tauchte in seine Arme und spielte mit der Kette um ihren Hals, wobei sie den Anhänger mit ihrer Hand von rechts nach links bewegte. Weißer Orchideenanhänger. Sie hielt ihn einen Moment lang in ihrer Handfläche, als wollte sie die Zeit zurückdrehen. Und in diesem Moment wurde sie von Dunkelheit und Schmerz umhüllt. Und er fühlte es.

„Beunruhigt dich etwas, meine Magdalena?", fragte er, aber die Antwort war nur Schweigen. Und er bestand nicht darauf, er umarmte sie nur fester. Als sie sich trafen, sah er diesen riesigen Schatten in ihren Augen, aber mit der Zeit, mit den Jahren, verblasste selbst dieser Schatten langsam. Allerdings gab es dann auch Tage, an denen er für ein paar Augenblicke auftauchte. Und genau das hat er heute gesehen. Er sah, wie Magdalenas Augen sich verdunkelten, sie sah ihn nur geistesabwesend an, verriet aber nichts. Er wollte ihr so sehr helfen, aber trotz des großen Vertrauens, das in ihrer Beziehung herrschte, schwieg sie immer. Manchmal hatte er das Gefühl, dass Magdalena gerade zu Lydia rannte, wenn der Schatten wieder auftauchte. Vielleicht wusste Lydia, was sie störte. Aber sie schwieg auch. Magdalena schüttelte den Kopf. „Mich stört nichts, keine Sorge", sagte sie nach einer Weile. „Ich bin wahrscheinlich nur müde. Ich werde mich hinlegen", dann stand sie auf, küsste ihn auf die rechte Wange und ging langsam nach oben. Sie war nach dem ganzen Tag sehr müde und wollte so schnell wie möglich einschlafen. Doch als sie die Augen schloss, verschwand der Schmerz nicht. Im Gegenteil, er stupste und stupste sie, wenn Magdalena allein war.

DAS FÜNFTE KAPITEL

Safran

Widerspenstige schwarze Locken umrahmten sein Gesicht, als er einem Koch in gestärkter weißer Uniform und schwarzen Hosen dabei zusah, wie er frischen Trüffel für ihn rieb. Der Koch hob den Kopf und lächelte ihn an, wohl wissend, dass er es kaum erwarten konnte, in den krümeligen Teig zu beißen. Grobe Späne fielen auf die frisch gebackene Pizza, die nach italienischem Käse und grünen Oliven duftete. Der Duft grüner Oliven erinnerte ihn an Feiertage und die Sonne. Genau das, was er im verregneten London nie gefunden hat. Erst Annie lehrte ihn, London mit anderen Augen wahrzunehmen. Bis dahin war jedes Gebäude oder jeder Mensch nur ein Teil seines Werkes. Annie war Londons Herz, das sich ihm öffnete, als er sie zum ersten Mal küsste. „Sie sind irgendwie traurig, vielleicht hat Ihnen die Show nicht gefallen?" Er erinnerte sich noch daran, wie sie mit ihm gesprochen hatte. Verwirrt sah er sich um und dann die schöne Frau an, die vor ihm stand. „Nein, nein, es hat mir gefallen. Entschuldigung, ich habe nur nachgedacht. Ich habe Sie nicht erwartet ...", stammelte er verlegen.

Hatte er nicht gewartet? „Und ich dachte, Sie warten auf mich", fuhr sie in makellosem Englisch fort. Und er war unwiederbringlich in ihrem Lächeln, ihren Lippen und dem Funkeln in ihren Augen verloren. Bis er glaubte, er träumte. Dass er ihr wunderschön gefärbtes Haar riechen konnte. Sie trug eine kurze Jeansjacke, ein weißes englisches Spitzenkleid und goldglänzende Bickerstock-Flip-Flops. Über ihrer Schulter trug sie einen Dune-Sandsack. Ein perfektes und zugleich völlig schlichtes Outfit. Genau so hatte es ihm gefallen. Ihr gesamtes Aussehen wurde durch widerspenstige Strähnen vervollständigt, die aus einem nachlässig zusammengebundenen Schwanz flossen. Er lächelte nur, stand auf und machte mit seiner Hand eine Geste, die bedeutete, dass er ihr einen Stuhl anbot. Aber sie half ihm und zerrte ihn aus dem Café. Sie blickte ihn mit ihren leuchtend grünen Augen an und lachte nur.

Und dann wurde ihm klar, dass es sich um die Figur Mariana handelte, die gerade ihre Rolle in einer bitteren englischen Tragödie beendet hatte. Sie spazierten durch die Stadt und genossen den Abend. Sie lächelte immer noch und schmeichelte ihm: „Ich mag deine dunklen Augen, ich habe sie sofort bemerkt, als ich die Bühne betrat." Er versuchte, die Röte in seinem Gesicht zu verbergen, er war solche Schmeicheleien von einer schönen Frau nicht gewohnt. Im Gegenteil, er sollte ihr den Hof machen. Aber an diesem Abend neckte sie ihn und suchte nach zufälligen sommerlichen Berührungen voller Energie. Und er verliebte sich.

Alte Erinnerungen begleiteten ihn durch den verregneten Abend. Er lächelte und biss genüsslich leicht in den Teig. Er kam jeden Sonntagabend hierher und Francesco war immer gerne dabei. Francesco war Annas Freund und zugleich ihr größter Fan. Und so erlebten beide, immer zusammen mit der Liebe im Blick, immer wieder Annas Auftritte. Nach jedem Auftritt kommentierten sie: „Ich glaube, der Applaus war heute zu kurz", empörte er sich. „Und ist dir aufgefallen, dass sie nur zehn Blumensträuße bekommen hat?", scherzte Francesco zurück.

Als sie dann verändert und zufrieden aus der Umkleidekabine kam, umarmte sie sie. Der eine leidenschaftlich und liebevoll, der andere stark und freundlich. Sie schimpfte sofort mit ihnen: „Mir kam es so vor, als hättet ihr heute etwas leise geklatscht, vielleicht mochtet ihr mich nicht?" Ihr Humor war eine große, nie enden wollende Theatershow. „Du hast heute eine sehr schlechte Leistung erbracht", sagte Francesco und die beiden Männer sahen sich verschwörerisch an. „Also muss ich mich mehr anstrengen, damit ich die geschätzten Kritiker beim nächsten Mal nicht so herzzerreißend enttäusche", antwortete Annie ihnen lächelnd und in diesem Moment brachen alle in Gelächter aus. Als sie endlich aufhörten zu lachen, schlug Francesco vor: „Abendessen? Bei mir?"

„Natürlich", antworteten er und Annie fast gleichzeitig. Es war ihr Ritual, die Jungs versuchten, zu jedem Auftritt von Anna zu gehen, und Francesco lud sie danach immer zum Abendessen ein. Aber nicht in die Pizzeria, sondern zu ihm nach Hause. Zu seinem kleinen Stück italienischer Heimat in London. Er kochte immer italienische Spezialitäten und Annies Lieblingsgericht war sein Safrancremerisotto. Sie sagte:

„Safran erinnert mich an euch beide. Du bist mir am nächsten, du bist selten und kostbar", Worte voller Umarmungen, Nähe, Liebe und Freundschaft. Beide Männer wiederum bewunderten ihr Talent, ihre Schönheit, Anmut und Zartheit. Und wenn sich die beiden jeden Sonntag hier in der Pizzeria trafen, kam es auch Jahre später nicht vor, dass sie Annie nicht erwähnten. Annie war ein Symbol des Theaters, das alle Schichten Londons vereinen konnte. Selbst die größten Theaterkritiker schwiegen während Annas Auftritt, nickten und applaudierten anerkennend. Wenn die beiden sie hier in der Pizzeria erwähnten, trübten sich Francescos Augen immer leicht, aber er versuchte, es niemanden bemerken zu lassen. Aber er wusste es trotzdem. Jedes Mal, wenn Francesco plötzlich aufstand und sagte „Ich werde den Teig überprüfen", wusste er, dass es eine Träne der Rührung war, die in einem Winkel seiner Seele aufstieg. Francesco wollte nicht, dass jemand sah, wie sie sich auf seinem glattrasierten Gesicht wälzte. Und jedes Mal, wenn er zurückkam, drehte er die Lautstärke der italienischen Lieder höher, die in seinem Lokal gespielt wurden.

Vom Nebentisch erklang der Gesang eines älteren Mannes. Francesco kannte ihn nicht, aber sein Akzent verriet ihm, dass er von irgendwo aus der Nähe Neapels war. Seine Landsleute kehrten oft hierher zurück. Francesco hatte nicht nur großartiges Essen, er wusste auch, wie man eine einzigartige Atmosphäre schaffte. Genau wie heute, als sich die Tür öffnete und sie hereinkam. Und als Francesco ihn fragte „Wie geht es Annie?", sah er ihn nicht einmal an und stammelte nur: „Wie immer, danke der Nachfrage." Francesco hob den Blick vom Boden und sah sie ebenfalls an. Er sah seinen Freund noch einmal an und war verblüfft. Er hatte noch nie zuvor auf eine Frau so reagiert. Aber er sagte nichts, er stand einfach auf und richtete sich auf. Er machte einen gewissen Schritt auf sie zu, um sie zu beruhigen. Es gelang ihm, Müdigkeit, ein Lächeln, aber auch Traurigkeit in ihren Augen zu erkennen. Aber er konnte nicht mehr lesen und wartete ab, was sie bestellen würde.

„Hallo, willkommen", begrüßte er sie lächelnd und reichte ihr die Speisekarte. Er wollte sie eine Weile in Ruhe lassen, damit sie wählen konnte. Doch sie überflog mit einem kurzen Blick die gesamte Speisekarte, bis er glaubte, sie suche etwas. „Bitte, mir ist aufgefallen, dass Sie Pizza mit Trüffel haben, ich würde sie gerne probieren. Wäre es möglich, extra grüne Oliven und frisch geriebenen Trüffel darauf zu legen?", fragte sie und blickte Francesco in die Augen. Die Traurigkeit in ihren Augen war unverkennbar. Und er kannte traurige Augen sehr gut.

Bei ihrer Antwort guckte er beschämt: „Bitte? Ich glaube, ich habe Sie nicht gut verstanden. Können Sie es bitte für mich wiederholen?", entschuldigte er sich. „Nun", begann sie unsicher, „entschuldigen Sie, ich wollte eine Pizza mit Trüffel bestellen, weiß aber nicht, ob es möglich wäre, extra grüne Oliven und frisch geriebenen Trüffel darauf zu legen?", beendete sie den Satz. Während Francesco immer noch verlegen war, sah er überrascht aus, obwohl sie genau das wiederholte, was sie beim ersten Mal gesagt hatte. Und ohne ein Wort ging er von ihrem Tisch weg zu seiner offenen Küchentheke mit frischem Teig und fing an, genau die gleiche Pizza zu backen, die niemand sonst mochte, außer seinem Freund, der hier sitzt und die unbekannte Frau buchstäblich anstarrte. Während des Geschehens sah er einmal seinen Freund und einmal die unbekannte Frau an. Sie war jedoch in ihre eigenen Gedanken versunken und schenkte keinem der Gäste einen Blick, außer dem verlegenen Koch, der ihre Bestellung nicht verstand.

Und als er einen Moment später die duftende Pizza vor ihr abstellte, leuchteten und funkelten ihre Augen für einen Moment. Und Francesco kannte dieses Aussehen sehr gut, er wusste, dass gutes Essen das Heilmittel gegen alle Schmerzen ist.

Und er hat es immer mit Liebe zubereitet, um durch das Essen ein Stück dieser Liebe in die Herzen anderer zu gießen. Das hat ihm sein Vater beigebracht. Er brachte ihm schon in jungen Jahren die Kunst des Kochens bei und erzählte es ihm oft. „Man muss das Herz des Teigs spüren, man muss dort Liebe, Leidenschaft und Harmonie vermischen. Nur dann hat deine Arbeit einen Sinn", wiederholte er jedes Mal, wenn er den Teig knetete. Aber der kleine Francesco verstand es damals nicht. „Aber Papa, wie ist das? Liebe, Leidenschaft und Harmonie können nicht eingefangen werden, wie kann ich das da untermischen?"

„Mit meinem Herzen, mit meinem eigenen Herzen, mein lieber Francesco. Nur dann wirst auch du glücklich sein. Nur wenn du alles mit Herz machst, nur dann wird dein Teig der beste Teig der Welt sein. Bitte denk daran, auch wenn ich nicht mehr hier sein werde", wiederholte Vater immer wieder freundlich. Und eines Tages schrie ein übermütiger Francesco seinem Vater im ganzen Haus. „Vater, Vater, wo bist du? Ich habe ihn, ich habe den besten Teig der Welt." Dann rannte Vater aus dem Garten und sah Francesco streng an. „Sicher?", fragte er ihn. Und Francesco antwortete entschieden: „Ja, Vater, auf jeden Fall", und an diesem Tag probierte Vater die beste Pizza, die er je gegessen hatte. „Von heute an bist du ein richtiger Koch, ich kann dir nichts mehr beibringen", lobte er ihn, und Francesco blickte dann stolz zu seinem Vater und sagte: „Es ist vor allem dein Verdienst", aber sein Vater schüttelte den Kopf, „wenn dein Herz es nicht wollte, wären meine Worte umsonst

DAS SECHSTE KAPITEL

Cappuccino

Die Sonnenstrahlen fielen auf ihr Gesicht und wärmten sie angenehm. Hier auf der Insel gab es trotz des typischen Regenwetters auch viele sonnige Tage. Sie saß im Gras im Park und beobachtete einfach die Leute. Es war Dienstag, aber der Park war immer noch voller Menschen. Sie war fasziniert von der Unmittelbarkeit und Spontaneität. Die Leute saßen oder lagen einfach im Gras, genossen ein frühes Mittagessen oder tranken am späten Morgen Kaffee aus Pappbechern.

Mit einem Lächeln im Gesicht stellte sie sich vor, wie sie sich an einem Dienstag bei ihrem Platz in der kleinen Stadt ins Gras legen würde. Und diese Idee amüsierte sie so sehr, dass sie sich auch hinlegte. Das Gras kitzelte sanft ihr Haar und der wolkenlose blaue Himmel erinnerte sie an das Meer, wo sie einst den ganzen frühen Abend am Strand verbracht hatte, nachdem sich alle anderen zum Abendessen aufgelöst hatten. Stundenlang blickte sie auf das ruhige Meer, und heute tröstete sie der blaue Frühlingshimmel so, bis sie schließlich die Augen schloss und einschlief. Sie bemerkte nicht, wie intensiv ein Augenpaar ihr folgte. Wie es sie nicht aus den Augen ließ und die ganze Zeit über sie wachte, während sie schlief. Wie er sie erstaunt anlächelte, als sie nach einer Stunde schläfrig die Augen öffnete. Das Schlafen an der frischen Luft hat ihr gut getan, sie fühlte sich wie neu geboren, auch wenn ihr Herz manchmal einen Schmerz verspürte, der jedoch immer mehr von der Brise, oder besser gesagt dem Wind eines neuen Lebens, überwunden wurde.

„Es ist nie zu spät, neu anzufangen", pflegte ihre Mutter zu sagen. „Es ist einfach dein Leben. Vergiss das nicht, meine liebe Lena."

Damals schienen ihr diese Worte zu weit hergeholt, aber dennoch erinnerte sie sich immer an alles, was ihre Mutter jemals gesagt hatte. Besonders jetzt, wo sie Zweifel hatte. Als sie sich nicht entscheiden konnte, ob sie allein und verlassen auf dem Boden bleiben und weinen oder aufstehen und den Schmerz überwinden sollte. In diesem Moment umarmten sie diese Worte, sie begann, sie zu verstehen. Sie begannen gerade, einen Sinn für sie zu ergeben. Energie, die sie brauchte. Als sie sich an die Worte ihrer Mutter erinnerte, lächelte sie und griff schnell nach ihrem Mobiltelefon in ihrer Hosentasche. Sie vergaß völlig die Zeit, sie sollte nachmittags zur Arbeit gehen. Sie schaffte es, schnell zu schreiben:

„Danke, Mutti. Ich liebe dich." Sie schaute sich um und blickte über die Gesichter der Menschen, die weiterhin ungestört die Sonne genießen konnten. Sie wollte auch die Sonne in ihrer Seele haben. Wieder spontan sein, lachen. Jeden neuen Tag genießen. So wie es früher für sie selbstverständlich war. Sie bemerkte nicht einmal, dass dunkle Augen sie anlächelten. Sie stand langsam auf und ging zügig durch den Park zu ihrer neuen Wohnung. Sie bemerkte nicht, dass sich auch die dunklen Augen hoben und ihr folgten, bis der letzte Hauch ihres wallenden Haares hinter der schweren Holztür verschwunden war.

Sie zog die Uniform an, an die sie sich sofort gewöhnt hatte. Das weiße Herren-Schnitthemd wurde aus einem sehr angenehmen Material gefertigt und auf der rechten Brustseite war ein hellbraunes Baumsilhouetten-Logo aufgestickt. Die kurze Schürze um die Taille war aus festem Stoff und hatte die gleiche Farbe wie das Logo auf dem Hemd. Sie hatte zwei tiefe Taschen und auf einer davon war ebenfalls das Baumlogo aufgestickt, dieses Mal in Weiß. Das Café hieß *Baumkrone*. Erst als sie die Terrasse sah, in deren Mitte ein riesiger Baum wuchs und angenehmen Schatten erzeugte, wurde ihr klar, dass sich niemand einen besseren Namen hätte vorstellen können. Die Krone des Baumes war massiv und buschig. An den unteren Ästen waren zahlreiche Lichter aufgehängt, die am Abend eine romantische und einzigartige Wirkung hatten.

Neben hochwertigem italienischem Kaffee gab es auch teure indische Tees im Angebot, für die alle möglichen Nationalitäten das Café aufsuchten. Abgerundet wurde die Atmosphäre durch Kerzenlicht auf Holztischen mit bequemen Sesseln. Wenn jemand in sie eintauchte, wollte er nicht mehr aufstehen. Der dicke Qualitätsstoff und das farbenfrohe Design veranlassten viele junge Leute, hierher zu kommen, nur um in einem bequemen Stuhl ein schönes Foto für Instagram zu machen. Und so wurde aus dem kleinen gemütlichen Café ein Ort, der nie leer war. Müde Seelen fanden hier ihr Plätzchen, um sich ein Buch aus der großen Holzbibliothek auszusuchen und die friedliche Atmosphäre am Kamin zu genießen. Oder im Gegenteil: Naschkatzen, die den Ausblick von der Terrasse genossen.

Diese Woche fing Lena um zwei Uhr nachmittags an und hörte um zehn Uhr abends ab. Sie stimmte Marc, so hieß der Besitzer des Cafés, gleich zu Beginn zu. „Ich möchte so viel wie möglich arbeiten. Auch am Wochenende, kurz gesagt, die ganze Woche", platzte Lena mit ihrer Bitte heraus. Marc fragte sie überrascht: „Wann ruhst du dich aus? Ruhe ist wichtig." Aber sie lächelte nur und sagte mit ernstem Gesicht zu ihm: „Ich möchte dich nicht mit meinen persönlichen Problemen belasten, aber im Moment würde es mir sehr helfen, wenn ich mir die freie Zeit nicht nehmen müsste, um unnötig nachzudenken", bei den letzten Worten blieb sie stehen und verstummte plötzlich.

„Man muss in die Atmosphäre des Cafés eintauchen, in den Geruch neuer Leute, um zu vergessen", sagte Marc verständnisvoll, als wüsste er alles, was ihr passiert war. Und Lena wusste, dass sie in diesem älteren Mann ihren Seelenverwandten gefunden hatte. „Danke, Marc, genau das, was ich brauche." Marc lächelte und schüttelte ihr die Hand. „Also sind wir fertig." Und sie wollte ihn in diesem Moment umarmen. Wissend, dass er derjenige war, der ihr genau das gab, was sie jetzt so dringend brauchte. Ein neues Zuhause.

***

Lenas engste Kollegen waren Patrik und Susane. Patrik war erst zwanzig Jahre alt, aber seit seinem sechzehnten Geburtstag arbeitete er Teilzeit im Café. Er stammte aus einer Architektenfamilie, seine Mutter und sein Vater waren gefragte Experten in London. Das Talent, wunderschön zu malen, hat er von seiner Mutter geerbt. Sie hat ihr Talent in die Grundrisse von Gebäuden, in deren Innenräume, einfließen lassen. Sie wusste, wie man jedes Detail eines Hauses, einer Wohnung, eines Cafés oder eines Büros entwarf und sich vorstellte. Allerdings hatte Patrik keine Freude daran, Gebäude zu zeichnen oder Innenräume zu entwerfen. Er hörte auf, zur Universität zu gehen, und nahm einen Vollzeitjob in einem Café an. Er zeichnete die schönsten Bilder, die die Welt je im Cappuccino gesehen hatte. Dann beobachtete er heimlich die Menschen, die erstaunt waren, wenn sie sein Werk im Cappuccino sahen. Viele rührten das Getränk mehrere Minuten lang nicht einmal an, weil sie die Zerbrechlichkeit des Gemäldes nicht verletzen wollten. Und es war diese Zerbrechlichkeit, die Patrik faszinierte.

Als Lena seine Arbeit bemerkte, sagte sie ihm spontan: „Du solltest Bilder malen, die den Menschen für immer in Erinnerung bleiben", blickte sie in die blauen Augen des rothaarigen Jungen mit dunklen Sommersprossen. „Du bist nicht traurig, oder?" Er beendete den Satz nicht. „Dass all die Schönheit immer zerstört wird? Dass ich immer von vorne anfange?" Sie sah ihn an und nickte. Er war so gutaussehend, so ausdrucksstark. Seine Lippen waren wunderschön geformt. Sie sah an und wollte es ihm sagen. „Du bist so jung, so talentiert, verschwende dein Leben nicht in einem Café", aber dann hielt sie inne. In seinen Augen lag Glück, Frieden und Seelenruhe. Und sie hatte kein Recht zu urteilen. Schließlich bekam sie dieses Café als zweite Chance auf Glück.

„Weißt du, Lena", fuhr Patrik fort, „ich mag bereits die Vergänglichkeit. Es ist wie im Leben. Nichts und niemand bleibt für immer hier. Und die Tatsache, dass ich immer von vorne anfange und sehe, wie meine Arbeit zerstört wird, erinnert mich täglich daran, dass wir nur für eine Weile hier sind. Und dass es wichtig ist, den Moment zu leben, zu tun, was wir wollen. Das, was uns glücklich macht. Nicht das, was andere wollen", beendete er den Satz ruhig, als wäre nichts passiert. Lena schämte sich. Was für weise Worte für sein Alter. „Entschuldigung. Du hast recht. Es ist erstaunlich, welche Einstellung du zum Leben hast." „Ich versuche, jeden Tag das Beste zu genießen", antwortete Patrik lächelnd. „Danke, dass du mich daran erinnerst. Das ist genau das, was ich hören musste."

Patrik reichte ihr einen weiteren Cappuccino und sie stellte ihn vorsichtig auf das Auftragsbrett, um das Bild der wunderschönen weißen Orchidee nicht um einen Millimeter zu beeinträchtigen. Sie sah ihn geschockt an und richtete dann ihren Blick auf Patrik. Aber er lächelte sie nur nachlässig an und sie brachte der älteren Frau den Cappuccino, die Patrik liebevoll winkte. Als Lena zum Tresen zurückkehrte, fragte sie: „Warum eine weiße Orchidee?" „Es war der Wunsch der Frau. Seitdem nenne ich sie die weiße Orchidee. Sie kommt schon seit Jahren hierher. Fröhlich, aber manchmal mit einem Schatten in den Augen. Ich habe sie einmal gefragt, was ich malen darf, und sie hat keine Sekunde gezögert. Als sie meine weiße Orchidee zum ersten Mal sah, kamen ihr die Tränen, und seitdem zeichne ich ihr nur noch diese. Manchmal kommt es vor, dass ich sie mehrere Monate lang nicht sehe und dann taucht sie plötzlich auf und kommt jeden Tag.

Ich weiß nicht, was die weiße Orchidee für sie bedeutet, aber ich habe das Gefühl, dass sie jedes Mal, wenn sie sie sieht, in die Vergangenheit eintaucht, es kalt wird und die Traurigkeit aus ihren Augen verschwindet", fuhr er mit der Geschichte fort und Lena stand einfach schweigend da, die Geschichte faszinierte sie so sehr, dass sie nichts mehr sagen konnte, sie schwieg. Die Gedanken in ihrem Kopf wirbelten in alle Richtungen. Erst am Ende schaffte sie es zu sagen: „Unglaublich, nicht wahr?", und fügte dann hinzu: „Ich sehe ein, dass ich mich eines Tages mit der weißen Orchidee abfinden muss, denn sie hört nicht auf, mich zu verfolgen."

Patrik sah Lena überrascht an. „Du wirst von einer weißen Orchidee verfolgt?", fragte er erschrocken, bevor er laut lachte. Er lachte so herzlich, dass auch Lena anfing zu lachen. „Ja, sie verfolgt mich", antwortete Lena lachend. Sie lachte weiter und der ganze Film ihrer weißen Orchidee spielte sich in ihrem Kopf ab. Trotzdem lachte sie. Und sie fragte sich, ob die weiße Orchidee die alte Frau traurig gemacht hatte. „Du musst mir davon erzählen", lachte Patrik schließlich. „Mach dir keine Sorgen, eines Tages sicher", sagte Lena ein wenig traurig, „aber nicht heute."

DAS SIEBTE KAPITEL

Junge mit Cappuccino

Auch die weiße Orchidee kam am nächsten Tag an. Wie Patrik sagte: „Immer genau um elf Uhr." „Elegant gekleidet." So war es heute, in einer weiten schwarzen Schlabberhose und einer altrosa Bluse mit kleinen Punkten übersät. Mit einem weißen Seidenschal um den Hals und einem hellcremefarbenen Ballonmantel. Perfekt abgestimmt mit einer eleganten Handtasche in der gleichen Farbe wie der Mantel, die über die Schultern hing. Sie war aus Leder gefertigt und bis ins Detail hochwertig verarbeitet. Weiße Orchidee hat wirklich auf jedes Detail ihres Aussehens geachtet. Mit einer langsamen Bewegung zog die alte Dame ihren Mantel aus, als warte sie darauf, dass ein Mann auf sie zukam und ihr Hilfe anbot. Sie stellte ihre Handtasche ab und setzte sich bequem in einen Sessel mit Blick auf die Terrasse und den Park. Sie ließ den Schal um ihren Hals hängen.

Sie blickte sich ein wenig nervös um, und erst als ihr Blick den von Patrik traf, lächelte sie und sank bequem in den Stuhl. Patrik ist seit Jahren eine ihrer Stützen hier in England. Als sie vor Jahren hierherkam und nicht sprechen konnte, fühlte sie sich sehr verloren. Aber heute hatte sie hier schon Orte, die auch ihr sicherer Hafen waren. Die Beziehung zu Patrik war jedoch bis auf ein paar kurze Worte still, keiner von beiden hatte das Bedürfnis, sie verbal weiterzuentwickeln, und trotzdem verspürten sie ein unglaubliches Bedürfnis nach Lächeln und freundlichen Blicken zueinander.

Im Laufe der Jahre haben sie nur eine Frage gestellt und eine klare Antwort gegeben. Von da an kommunizierten sie nur noch durch süßes Lächeln, Blicke und Handbewegungen. Alles andere dazwischen war irrelevant. So war es heute. Patrik schickte Lena zur Frau mit einem Auftragsbrett, auf dem ein Cappuccino stand. Die alte Dame nickte und lächelte ihn an. Er nannte sie die weiße Orchidee und sie nannte ihn seinen Kapuzinerjungen. Als Lena das Getränk mit einer perfekten weißen Orchidee zum Tisch brachte, war die ältere Dame am Telefon. Zu Lenas großer Überraschung in ihrer Muttersprache.

In dem Moment, als die Untertasse den Tisch berührte, bedankte sich die alte Dame automatisch, aber nicht auf Englisch. Und Lena antwortete ihr in ihrer Muttersprache. Die ältere Dame sah sie interessiert an und bot ihr einen Stuhl an. „Bitte nehmen Sie Platz", lächelte die weiße Orchidee. Zu diesem Zeitpunkt, vor dem Mittagessen, war das Café leer, also nahm Lena die Einladung mit einem Lächeln an.

„Vielen Dank", antwortete sie. Es war genau dieser magische Moment, in dem die Muttersprache eines fernen Landes wie ein Kaugummi zwei Menschen zusammenklebt, die sich sonst in ihrem Leben nie begegnet wären oder miteinander gesprochen hätten. Und plötzlich wollten sie um keinen Preis voneinander getrennt werden. Unbewusst empfanden sie eine besondere Zuneigung. Und genau diese Zuneigung würde dazu führen, dass zwischen ihnen ein Vertrauen entstand, das sich sonst über Jahre aufbaute.

„Wissen Sie, ich habe mich in dieses malerische Café verliebt. Und der Junge mit dem Cappuccino ist die Sonne in dieser regnerischen Ecke der Welt", begann die weiße Orchidee spontan und schmiegte sich ein wenig mehr in den bequemen Sessel. Sogar Lena nannte sie unbewusst so.

„Sein Name ist Patrik", verriet Lena verschwörerisch, denn sie hatte das Gefühl, die weiße Orchidee schon seit Jahren zu kennen. Dass sie sich nun wie alte Bekannte kennengelernt haben, die viele Erfahrungen verbinden. Lena hatte das Gefühl, dass nur die weiße Orchidee ihre Traurigkeit verstehen würde, und sie konnte es kaum erwarten, bis die weiße Orchidee sie verständnisvoll ansah oder nickte. „Für mich wird er immer der Junge mit dem Cappuccino bleiben, aber ich bin froh, dass er einen richtigen Namen hat", schloss sich die weiße Orchidee sofort Lenas Spiel an. Doch dann wurde sie ernst und machte weiter.

„Er hat großes Talent. Er darf nie aufhören, seine Bilder zu malen." Sie blickte zu Patrik hinter der Theke, der ihnen aus der Ferne zuzwinkerte. Und sie fuhr langsam fort: „Die Bilder, die er schafft, bringen Sonnenschein in die dunkelsten Winkel unseres Herzens. Auch dort, wo seit Jahren nicht einmal ein Strahl der noch kalten Frühlingssonne eingedrungen ist. Seine Bilder können Wunden mit liebevollem Charme auswaschen und wegblasen, ohne dass Worte nötig sind", fügte sie langsam hinzu und schien für einen Moment zu träumen. Nur der Körper blieb im Café, Herz und Seele fanden sich an einem Ort wieder, den nur sie kannte.

„Warum eine weiße Orchidee?", platzte Lena heraus und unterbrach die verträumte alte Dame. Sie bereute ihre Frage sofort. Die ältere Dame bemerkte auch eine Wolke in Lenas Augen, die plötzlich auch in ihrem Blick auftauchte. Sie zuckte leicht zusammen und antwortete: „Manchmal beschert uns das Leben Geschichten, von denen wir Jahre später nicht wissen, ob sie wirklich passiert sind. Aber der Schmerz, den wir auch nach Jahren noch spüren ..."

Sie hielt inne und Lena verspürte das Bedürfnis, ihre Schulter leicht zu streicheln. „Es tut mir leid, ich wollte keine schmerzhaften Erinnerungen wecken ... Es tut mir leid. Die weiße Orchidee hat mir kein Glück gebracht. Lassen Sie uns das Thema wechseln und erzählen Sie mir stattdessen, was Sie in London machen?", entschuldigte sich Lena. Sie wollte keine schmerzhaften Erinnerungen im Kopf der Frau auslösen. Sie selbst wusste sehr gut, wie viel innerer Kampf, unglaubliche Anstrengung und tägliche Selbstverleugnung notwendig waren, um überhaupt geistig in Ordnung zu sein. Damit sie nicht in den ersten Flieger steigt und in die schmerzhafte Realität zurückkehrt.

Weiße Orchidee sah Lena an. Sie wusste nicht einmal, was schlimmer war. Der Schatten der Vergangenheit oder die Schwierigkeiten der Gegenwart, wenn man vier Jahre lang nur Tränen und Trauer in den Augen seines geliebten Sohnes sieht. Erst jetzt, in den letzten Tagen, glaubte sie, ein leichtes Lächeln in seinen Augen zu sehen. Und vielleicht kam es ihr nur so vor und sie sah nur das, was sie sehen wollte.

„Mein Sohn lebt hier", antwortete sie kurz. Sie sah Lena nicht mehr an, sondern blickte geistesabwesend auf die Ladenfront, hinter der sich die Terrasse und der Park befanden. „Ich mag den Park", Lena wandte ihre Aufmerksamkeit von ihrem traurigen Gesicht ab. Lena schaute hinaus, nickte, in ihre eigenen Gedanken versunken. „Wenn Sie wollen, können wir mal zusammen dorthin gehen", schlug Lena nachdenklich vor. Die weiße Orchidee vergaß plötzlich all die Traurigkeit. Sie sah Lena an und antwortete:

„Sehr gern, ich freue mich darauf. Ich kann immer am Morgen. Ich werde noch einen Monat hier bleiben", sagte sie glücklich, als hätte sie nur auf diese Frage gewartet. „Ich schreibe Ihnen meine Telefonnummer auf, damit wir in Kontakt bleiben können", sagte sie und holte ihr Portemonnaie aus ihrer Handtasche, aus der sie eine alte Quittung hervorholte, auf der Lena ihre Kontaktdaten notierte. Sie lächelte die ganze Zeit zufrieden.

„Also sind wir uns einig", antwortete Lena und lächelte ebenfalls. In diesem Moment öffnete sich die Tür, eine Gruppe Touristen strömte herein und Lena machte sich wieder an die Arbeit. Aber sie hörte den ganzen Tag nicht auf, an die weiße Orchidee zu denken. Die Gedanken kehrten immer wieder zu ihren traurigen Augen zurück. Eine so tiefe Traurigkeit und so einen kalten Schatten hatte sie schon lange nicht mehr gesehen. Sie erkannte tatsächlich, dass sie sich so sehr auf ihre Traurigkeit und ihr Leiden konzentriert hatte, dass sie sich selbst eingeredet hatte, sie sei die Einzige, die traurig war.

Aber als sie heute die Traurigkeit der weißen Orchidee gesehen hatte, kam ihr ihre eigene plötzlich klein vor. In diesem Moment ahnte sie noch nicht, dass sich trotz des Altersunterschieds eine wunderbare Freundschaft zwischen ihr und der weißen Orchidee entwickeln würde. Eigentlich könnte die weiße Orchidee ihre Mutter sein, aber sie hatte bereits eine Mutter. Eine Mutter, die ihr auch im Erwachsenenalter ein Vorbild war. Eine Mutter, die ihre Dickköpfigkeit und ihre unterschiedlichen Meinungen akzeptierte.

DAS ACHTE KAPITEL

Echter Name

Er warf und drehte sich die ganze Nacht unruhig hin und her. Zwischen seinen Knien lag eine mit Damast-Bettüberzug bekleidete Daunendecke. Er trat sich unbewusst selbst, weil er vor Hitze brannte. Obwohl er nur in einem weißen Baumwoll-T-Shirt und den Boxershorts, die er zu Weihnachten geschenkt bekommen hatte, schlief, wachte er schweißgebadet auf. In den letzten Tagen wurde er von einer inneren Unruhe heimgesucht, die sein normales Funktionieren gnadenlos untergrub. Er musste zugeben, dass er Lena unglaublich vermisste. Als sie hier war, fühlte er sich zu Hause sicher. So stur und gegensätzlich sie auch war, er mochte sie sehr. Er genoss ihren Service, ihr Essen, die Weichheit sauberer Wäsche. *Sie sollte zu Hause sein*, dachte er und stand schwach auf. Als er barfuß in die Küche ging, wirbelten feine Staubfetzen auf und trennten seinen Weg.

„Es muss gesaugt werden", murmelte er etwas irritiert. Es war Samstag, also sind fast zwei Wochen vergangen, seit Lena ihre Tante in London besucht hatte. Eigentlich wusste er nicht einmal, dass sie dort eine Tante hatte. Aber es war höchste Zeit, dass sie zurückkehrte. Jeder Urlaub muss ein Ende haben.

Er schaute auf die Uhr und drückte den Knopf an der Kaffeemaschine. Sogar die Kaffeemaschine ließ ein rotes Licht auf ihn leuchten. Er holte den Wassertank heraus und griff nach dem Filterkessel. Lena begründete dies damit, dass er nie Wasser aus dem Wasserhahn in die Kaffeemaschine schüttete. Allerdings war der Filterkessel leer. Er füllte ihn, und als das Wasser endlich da war, goss er es in den Behälter der Kaffeemaschine. Und genau in diesem Moment leuchtete das fehlende Kaffeesymbol auf. Eine scheinbar einfache Sache bedeutete für Oskar einen Zeitverlust von etwa zehn Minuten. Er öffnete alle Schränke und schloss sie wieder, ohne Erfolg. Es gab nirgendwo Kaffee. Er griff automatisch zum Telefon und rief Lena an. Aber das Telefon klingelte und klingelte. Er wusste, dass Lena wahrscheinlich irgendwo in der Stadt war und ihn zurückrufen würde.

Aber er wollte Kaffee. Er begann wieder, die glänzend weißen Schränke in der Küche zu öffnen. Er konnte den Kaffee nicht finden. Er sollte sich um zwölf Uhr mit Martin treffen. Am Freitag einigten sie sich auf ein gemeinsames Mittagessen in einem nahegelegenen Restaurant, und er hatte noch nicht einmal gefrühstückt oder Kaffee getrunken.

Er hatte das Gefühl, dass es ihm seit Lenas Weggang nicht mehr gut ging. Er kämpfte mit dem unsichtbaren Wind, der unerbittlich gegen ihn wehte. Noch vor zwölf Uhr rannte er, nur noch in einer Sporthose und einem hellblauen T-Shirt bekleidet, zum Restaurant, wo bereits ein lächelnder Martin auf ihn wartete. Viele Jahre lang schätzte er Martin als seinen engen Freund, auf den er sich immer verlassen konnte.

Er fragte ihn nach der Begrüßung: „Also, Strohwitwer, wie geht es dir ohne Lena?" Oskar lachte herzlich, anstatt zu antworten. „Ohne diese Lena kann ich nicht einmal Kaffee machen", sagte er und begann, blumig diesen Morgen zu beschreiben. „Nun, mein Freund, das Leben mit Frauen ist manchmal schwierig, aber ohne sie ist es eine Tragikomödie. Ich sehe dich im ersten Level. Er hat sich noch nicht gewaschen, das Badezimmer und die Toilette geputzt", spottete Martin. „Könnte es schlimmer sein?", lachte Oskar scheinbar überrascht. „Kurz gesagt, befolge den Rat von einem Freund und bete, dass Lena so schnell wie möglich zurückkommt, und sichere sie dann mit einem Ring." „Aber bitte nicht übertreiben", entgegnete Oskar, „so schlimm wird es doch nicht."

„Nur damit sie nicht einen reichen Engländer in London findet und dort bleibt …", bohrte Martin. „Lena? Bitte, mach mir keine Angst, sie hat nur Augen für mich", sagte Oskar unsicher, obwohl er sicher antworten wollte. „Egal, ob Lena jetzt weg ist oder nicht, du wirkst ein bisschen müde, was ist los mit dir?", fragte Martin plötzlich ernster. „Ich weiß nicht, was los ist", antwortete Oskar wahrheitsgemäß.

„Mir ging es in letzter Zeit nicht gut. Ich bin sogar gemein zu Lena. Mir ist klar, dass mir nichts Spaß macht. Ich zerstöre alles um mich herum", gab er zu. „Puh, mit so einer Antwort habe ich nicht gerechnet", sagte Martin und blätterte weiter durch die Speisekarte. „Deine Wahl? Ich bin derjenige, der heute einlädt", wechselte er das Thema, als die Kellnerin an ihren Tisch kam.

„Ja, ich esse ein Rindersteak, medium rare, mit grünen Bohnen und Babykartoffeln. Vielen Dank", bestellte Oskar. „Ausgezeichnete Wahl, um das Gleiche werde ich Sie auch bitten. Danke", stimmte Martin zu. „Ich hatte die ganze Woche nicht einmal Zeit, richtig zu essen, und zu Hause gibt es nichts." „Kochen ist kein Problem", entgegnete Martin, „Lena kommt wieder und alles wird gut. Aber mir kommt es so vor, als ob du völlig ausgebrannt bist. Hast du mal darüber nachgedacht, dir professionelle Hilfe zu holen ...?"

Martin beendete den Satz unsicher, die Schwere hing in der Luft, und er kratzte sich an seinem gepflegten Wikingerbart. Er hat ihn diesen Winter wachsen lassen, es hat ihm sehr gut gefallen. Es veränderte sein gesamtes Aussehen. „Weißt du", Oskar sah Martin an, „bevor Lena in den Urlaub fuhr, dachte ich, ich würde mit ihr Schluss machen. Wir haben aufgehört, uns zu verstehen. Lena ist zu stur und ich fing an, mich mit jemand anderem zu treffen. Aber jetzt weiß ich es wirklich nicht ..." Er brachte den Gedanken nicht zu Ende.

„Was??? Du veräppelst mich!" Martin begann seine Rede. „Du bist verrückt, denn Lena würde dir das Erste und das Letzte geben. Ich flehe dich an, was bist du verrückt, warum seid ihr nach so langer Zeit zusammen?!", endete Martin wütend, fast in einem Atemzug. Er mochte Lena und im Laufe der Jahre wuchs sie ihm ans Herz als eine Person mit Werten, die nicht oberflächlich ist.

„Nun, nach so langer Zeit kommt es mir so vor, als hätten wir uns völlig entfremdet. Es hat mir keine Leidenschaft mehr bereitet, ich habe einfach eine andere weiße Orchidee gefunden ...", Oskar verteidigte sich.

„Aber bitte, hör auf mit diesem Märchen ...", Martin unterbrach ihn erneut.

„Es ist kein Märchen, es ist ein Traum, den ich sieben Jahre lang jeden Tag geträumt habe. Ich werde erst dann glücklich sein, wenn ich meine wahre weiße Orchidee finde und Lena nicht mehr so riecht", verteidigte Oskar seine Entscheidung.

„Wer ist die Glück Verheißende?" Martin versuchte, das Thema zu wechseln.

„Das kann ich dir noch nicht sagen, aber du kennst sie. Sie ist unwirklich ...", schwärmte Oskar.

„Ich kenne sie? Oh, diese Rätsel von dir. Ich hoffe nur, dass sie nicht verheiratet ist und drei Kinder hat ..." Er schwieg und sah Oskar ungläubig an. „Willst du mich verarschen? Sie ist verheiratet! Nun, mein lieber Oskar, du bist verrückt," sagte er schärfer.

Im Laufe der Jahre ihrer Freundschaft war dieses Gespräch eigentlich nichts Besonderes. Martin mochte Oskar seit seiner Kindheit, auch wenn er mit vielen Motiven Oskars nicht einverstanden war. „Du erzählst mir also, dass du ohne Lena nicht einmal Kaffee kochen kannst, und dann singst du Loblieder auf eine verheiratete Dame ... Wo ist sie jetzt, Oskarchen? Warum hat sie dir hier keinen Kaffee gemacht? Oh, tut mir leid, ich habe es vergessen, sie ist verheiratet und kocht ihn für ihren Mann", fuhr Martin fort.

„Bitte, hör auf, es ist nicht ..." Oskar unterbrach ihn etwas irritiert. „Also wie? Denn wie ich dich kenne, ist die Tatsache, dass sie verheiratet ist, nur ein Teil der Katastrophe, nicht wahr?", fuhr Martin fort. „Wechseln wir das Thema, denn wir verderben uns das ganze Mittagessen", sagte Oskar energisch. „Da hast du recht", gab Martin sanftmütiger zu. „Eigentlich ist es nur deine Sache...

In diesem Moment verstummten sie und begannen, das Essen zu essen, das die rothaarige Kellnerin gerade auf den eleganten schwarzen Glastisch gestellt hatte.

„Auf jeden Fall solltest du dir wirklich professionelle Hilfe suchen", schloss Martin. „Ich werde zu keinem Psychiater gehen, vergiss es", Oskar schüttelte den Kopf. „Okay, aber wenn ich eine Alternative finde, versprichst du mir dann, es zumindest zu versuchen?", drängte Martin. „Okay, okay, und jetzt iss, sonst wird es ganz kalt", versprach Oskar überraschend.

***

Am Dienstag brachte ihn Martin in die Altstadt, von der aus man die ganze Stadt wie in seiner Handfläche überblicken konnte … In einem zum Ende des Jahrtausends erbauten Wohnhaus, das von innen bis zum obersten Stockwerk komplett mit Spiegeln verkleidet war, fuhren sie mit dem Aufzug. Martin schnappte sich die Messingkugel und öffnete die Tür. Drinnen wurden sie von einem berauschenden exotischen Geruch begrüßt.

Martin nickte Oskar zu und flüsterte ihm zu, er solle seine Schuhe ausziehen. Zwei Paar Schuhe wurden in einem Holzregal aufbewahrt. Ein schwarzer Lackpumps und ein Herren-Slipper aus Leder, ebenfalls schwarz. Nachdem sie die Schuhe ausgezogen hatten, betraten beide den weichsten und flauschigsten Teppich, den Oskar je unter seinen Füßen gespürt hatte.

Er folgte Martin. Er brachte ihn in einen Raum, der wie ein Wohnzimmer aussah. Große, bequeme schwarze Ledersessel standen einem Dreisitzer-Sofa gegenüber, und dazwischen kauerte ein Couchtisch aus schwarzem Glas. Die Wände waren mit schwarz-goldenen Tapeten verziert.

„Wo hast du mich hingebracht?", fragte Oskar schließlich verblüfft. „Hab keine Angst, sag ihm einfach, was dich stört", erklärte Martin. „Ihm? Einem Mann? Ich dachte, du gehst mit mir zu dem hübschen Baba Jaga", scherzte Oskar.

„Baba Jagas sind nicht immer hübsch, das weißt du", sagte Martin in einem fast elterlichen Ton. Aus dem Flur waren gedämpfte Stimmen zu hören, gemischt mit den sanften Tönen des Internetradios, die aus unauffälligen Lautsprechern kamen. Gedämpfte Stimmen wurden durch Schritte ersetzt, bis schließlich ein fast zwei Meter großer Mann im Türrahmen erschien.

Er ging auf Oskar zu, reichte ihm kräftig die Hand und begrüßte ihn freundlich: „Jakob, freut mich", den Akzent, den der dunkle, große Mann hatte, konnte Oskar nicht erkennen, aber der Mann mittleren Alters wirkte beruhigend und sehr warm-herzig auf ihn. „Ich freue mich natürlich auch", antwortete Oskar schließlich ruhig. Jakob sah Martin an und begrüßte ihn ebenfalls: „Willkommen, Freund, mach es dir gemütlich. Und wir", er sah Oskar an, „können in mein Arbeitszimmer gehen."

Oskar kam nach zwei Stunden aus Jakobs Arbeitszimmer. Das Gespräch verlief für ihn sehr gut, er konnte an diesem Abend lange nicht schlafen. Die ganze Zeit dachte er über die Worte nach, die Jakob zu ihm gesagt hatte. Er vertraute sie auch Martin an, aber er verstand sie genauso wenig wie er selbst.

„Der Schlüssel zu deinem Glück ist dein richtiger Name. Erst wenn du ihn findest und wieder verwendest, wirst du deine Orchidee finden, auch wenn sie anders sein wird, als du denkst. Und damit einher geht das Gefühl von Glück, Liebe und Familie", erzählte ihm Jakob ruhig.

„Mein wirklicher Name? Was ist das für eine Metapher, ich verstehe sie nicht", verstand Oskar nicht. „Ich sehe nur, was ich dir gesagt habe", antwortete Jakob ruhig. „Ich weiß auch nicht genau, was das bedeutet, aber ich weiß, dass du noch einen langen Weg vor dir hast."

„Ich werde versuchen, dich zu ihr zu weisen, aber dein Herz muss rein sein. Du darfst dich nicht von kurzfristigem Vergnügen verführen lassen. Je mehr du ihm nachgibst, desto mehr distanzierst du dich von der weißen Orchidee", schloss Jakob. „Es sind ein paar Zeilen", murmelte Oskar. „Keine Zeilen. Du wirst sehen, dass es genau so sein wird, wie ich es gesagt habe, und überhaupt nicht so, wie du es dir vorstellst. Und jetzt ist es Zeit, zu gehen", beendete Jakob das Gespräch und schüttelte Oskar die Hand.

Verwirrt kam Oskar aus dem Büro, und er wusste nicht einmal, wie, saß er plötzlich mit Martin im Auto. „Was zum Teufel sollte das bedeuten? Ich verstehe es nicht", sagte er fast verzweifelt. „Mein echter Name?" Martin holte währenddessen sein Handy heraus und googelte, bis er zu dem Schluss kam: *Der richtige Name kann eine Art persönliche Transformation bedeuten*, dachten sie beide und saßen eine Weile schweigend da. Dann machten sie sich auf den Weg in die Nachtstadt.

DAS NEUNTE KAPITEL

Der Verehrer

Lena bemerkte, dass ihr Handy während der Arbeit blinkte. Es war Oskar und sie wollte nicht mit ihm sprechen. Eigentlich wusste er nicht einmal, dass sie arbeitete. Und sie verschob unbewusst das Gespräch, das sie mit ihm erwartete.

Sie bemerkte, wie Oskar sein Verhalten änderte und regelmäßig anrief, schrieb und Interesse zeigte. Es kam ihr seltsam vor, dass sie so viel Zeit mit Telefonaten verbrachte. Bisher hat sie ihren Abschied in einer großen Lüge verpackt. Sie log nicht gern, aber sie war nicht bereit, ihm zu sagen, dass sie noch nicht zurückkommen würde. Dass sie mit ihm Schluss machte. Sie erwartete tatsächlich unbewusst, dass er es tun würde. Dass er ihr eine trockene Nachricht schreiben würde, in der er ihr sagt, wie leid es ihm tat, aber es war vorbei.

Doch das Gegenteil geschah und Oskar bombardierte sie unerbittlich mit Telefonanrufen, Nachrichten und Fotos. „Ich liebe dich, meine Orchidee, ich vermisse dich so sehr. Ich wünsche dir einen guten Morgen. Ich freue mich auf deine Rückkehr", piepte noch heute eine kurze SMS. Ähnlich wie an anderen Tagen.

„Ich auch", tippte sie und fügte einen herzförmigen Smiley hinzu. Es tat ihr immer noch weh, aber ihr Herz verhärtete sich langsam und sie wollte ihre Entscheidung, nicht zurückzukehren, nicht ändern. Aber sie wusste, dass sie jetzt nicht stark genug war, um sich seinen Fragen zu stellen, also wählte sie den einfacheren Weg.

Ein Weg voller Lügen, von dem sie wusste, dass sie sich nicht darauf einlassen durfte. „Aber meine Tante ist schwer erkrankt, deshalb muss/will ich noch ein paar Tage hier bleiben."

Aber es gab keine Tante. „Okay, meine Orchidee, mach, was du brauchst. Ich werde hier geduldig warten." „Danke, mein Käterchen." Mein Käterchen? Sie löschte die letzten beiden Wörter. Das sagte sie zu ihm in der Zeit ihrer größten Liebe, denn er schmeichelte ihr und sie flog in den Himmel.

„Danke, Oskar, ich schätze es", korrigierte sie die Nachricht und drückte auf „Senden". Als Antwort kam eine Nachricht mit Herz. „Du wirst es nicht abholen?" Patrik riss sie aus ihren Gedanken.

„Nein, es ist nichts Wichtiges", antwortete Lena verblüfft. „Na ja, deinem Gesichtsausdruck nach ist es jemand, der in deinem Leben wichtig ist", sagte Patrik und Lena sah ihn überrascht an. Er verfügte über ein unglaublich raffiniertes Schlussfolgerungsvermögen.

Für sein Alter war er überraschenderweise in der Lage, Menschen so genau zu lesen wie ein offenes Buch. „Jemand, der wichtig war", betonte sie, aber sie spürte, wie ihre Stimme zitterte. „Willst du dich selbst oder mich überzeugen?" Patrik zwinkerte ihr freundlich zu und begann ein weiteres Bild auf dem frisch zubereiteten Cappuccino.

Lena stand wie erstarrt da und beobachtete ihn schweigend. Sie hätte ihm sagen können, „dass er kein Recht hat, in ihr Leben einzudringen", aber Patrik sagte alles mit einer solchen Freundlichkeit in seiner Stimme, dass er sie völlig entwaffnete.

Und sie wusste, dass sie ihm nicht böse sein konnte. Auf sich selbst? Das ja. Patrik hob plötzlich den Kopf und sah ihr direkt in die Augen. Und dann lächelte er mit seinen schönen Lippen und sagte: „Aber komm schon. Lena. Komm her."

Und er öffnete seine Arme. Und sie machte automatisch genau das, worauf sie gewartet hatte, ein paar Schritte auf ihn zu und er umarmte sie fest. Er bemerkte auch einen Tränentropfen, der seine Uniform benetzte, aber er tat so, als ob er nicht da wäre.

„Hat dich deine weiße Orchidee gerufen?" Lena nickte nur stumm. „Keine Sorge, alles wird gut. Ich verspreche es", sagte er mit einer solchen Gewissheit in seiner Stimme, dass Lenas Glück in seinen Händen lag.

„Du wirst irgendwann mit mir darüber reden, okay? Aber nicht hier, lass uns ausgehen, ich bringe dich irgendwohin, okay? Aber jetzt lächle und los geht's, die Kunden warten." „Okay, danke. Ich bin begeistert. Und könnte es heute nicht auch *Ich bringe dich irgendwohin* heißen?" Sie wartete nicht auf eine Antwort, sie löste sich von ihm und richtete ihre Haare.

***

An diesem Tag, genau um elf Uhr kam auch die weiße Orchidee. Patrik bemerkte einen Anflug von Traurigkeit in ihren Augen, der ausgeprägter war als sonst.

Und so machte er die Miniaturmalerei umso wichtiger. Er zeichnete kleine Herzen um die gesamte Tasse und bemalte jedes zweite. „Herz? Wirklich?", fragte Lena. „Ja, Schatz, denn heute ist ein besonderer Anlass." Lena brannte schon vor Neugier. „Ein besonderer Anlass? Hat wer Geburtstag?", vermutete Lena.

„Vielleicht, obwohl ich das eher nicht glaube", antwortete der sommersprossige Patrik mit einem verschmitzten Lächeln. „Also dann? Wirst du es schon sagen?", beharrte sie. „Jeder Tag ist eine besondere Gelegenheit, jemandem eine Freude zu machen, und ich habe mich heute dafür entschieden", antwortete er lachend.

„Du bist unglaublich. Das hätte mir einfallen können", lachte Lena bereits. Patrik hörte nie auf, sie jeden Tag aufs Neue zu überraschen. Er war so reif, tiefgründig, freundlich und gleichzeitig lustig und direkt, dass man es bis in die Knochen spüren konnte. Sie trug den Cappuccino vorsichtig auf einem geschmackvollen Holztablett und stellte ihn auf den weißen Orchideentisch.

„Du musst hier einen Verehrer haben, sonst kann ich mir nicht erklären, wie viele so Herzen in so einer kleinen Tasse stecken können", sagte Lena lächelnd. Die ältere Dame sah Lena erstaunt an und richtete ihren Blick dann auf den Cappuccino.

„Er ist kein Verehrer, aber der freundlichste junge Mensch, den ich kenne", sagte sie mit einem Lächeln. „Sehen Sie, Freundlichkeit kostet nichts und wie viel Freude kann sie bereiten", fügte sie hinzu und eine unglaubliche Freude erschien in ihren Augen.

„Danke", fügte sie respektvoll hinzu. Lena war von diesem kleinen Zauber, den Patrik heraufbeschwor, so berührt, dass ihre Augen feucht wurden und sie die ältere Dame nur anlächelte. „Du bist doch auch gerührt, oder?", fragte sie sanft und Lena nickte. „Gern geschehen", sagte Lena und ging zur Theke.

Obwohl die Orchidee weg war, lächelte Lena heute nur. Ihr wurde klar, wie viel Glück sie hatte, hier in einem gemütlichen Café zu sein. Heute waren sie um fünf fertig und dann wollte sie mit Patrik ausgehen, wie sie es inzwischen verabredet hatten. Und sie war sehr glücklich.

Die Zeit verging wie im Flug. Sie bemerkte überhaupt nicht, dass das Lächeln, das sie „Arbeit" nannte, mit einem anderen Lächeln erwidert wurde.

„Hey Lena", begann Patrik, „so heißt es, als ob ich es gesagt hätte, um dich nicht zu beleidigen, ähm, nun ja, völlige Café-Blindheit." „Was?", fragte sich Lena, als sie ihre Schürze über der Taille zusammenfaltete und sich gerade umziehen wollte. „Weißt du was?"

„Sag es mir besser, wenn ich mich verändere. In Ordnung? Ich würde dich jetzt sowieso nicht bemerken. Tschüss. Wir sehen uns draußen", und sie schlug die Tür der Umkleidekabine hinter sich zu. Während sie sich umzog, hörte sie das Piepen von Nachrichten. *Oskar natürlich,* dachte sie und griff unbewusst nach ihrem Handy. „Ich bin ein Esel, weil ich ohne dich nicht einmal Kaffee kochen kann. Es tut mir leid, wie ich mich in den letzten Tagen verhalten habe. Ich liebe dich", las sie den Text der Nachricht vor. „Na toll", seufzte Lena. „Es entwickelt sich völlig anders, als ich geplant habe." Sie legte jedoch das Handy weg und beschloss, jetzt nicht zu antworten.

Sie zog schnell enge dunkelblaue Jeans und ein langes weißes Hemd an. Darüber zog sie eine Jeansjacke und schlüpfte in rote Flip-Flops. Sie ließ ihr Haar offen und parfümierte es mit Rituals-Haarspray mit einem dezenten Zitrus- und Zedernholzduft. Patrik wartete ungeduldig draußen.

Als sie herauskam, legte er freundlich einen Arm um ihre Schultern und meinte: „Ich mag dich in Uniform lieber, aber ich werde dich so ertragen", und fing an zu lachen. Lena klopfte ihm auf die Schulter und bemerkte: „Oh, du weißt nicht, wie man eine junge Frau wertschätzt."

„Wenn ich eine weiße Orchidee wäre, würdest du mich auf jeden Fall loben", gab sie es ihm nicht als Gegenleistung. „Wie meinst du das? Du Monster, denkst du, ich bin ein altes Baby?", verteidigte er sich lachend. „Ich habe zufällig einen Freund, der noch jünger ist als ich", sagte er stolz.

„Oh, ich bin erleichtert, ich hatte schon Angst, dass du mich heute einpacken würdest", neckte ihn Lena. „Dich? Mit deiner Blindheit? Ich würde niemandem empfehlen, dich einzupacken", erstickten beide vor Lachen. „Was hast du noch mit deiner Blindheit zu tun?", Lena ergriff seine Hand. „Nun, ich werde Mitleid mit dir haben, denn ich sehe, dass du eine verlorene Sache bist." „Wie, verloren?" Lena unterbrach seine Rede offenbar wütend.

„Na ja, völlig verloren. Seitdem du herausgekommen bist, folgt dir ein Mann. Er lässt dich nicht aus den Augen und wenn du mit ihm sprichst, setzt sein Herz einen Schlag aus", sagte Patrik freundlich. „Wie wäre es hinter mir?"

Lena verstand es nicht. „Er war noch nie da gewesen. Er sitzt immer so, dass er dich sehen kann, und spricht immer nur dich an. Er lächelt und du lächelst zurück." „Was? Das ist nicht möglich. Mir ist überhaupt nichts aufgefallen", Lena schüttelte den Kopf.

„Café-Blindheit", lachte Patrik erneut. „Wie sieht er aus?", fragte Lena. „Aber, aber, das Wiesel hat den Köder geschluckt", sagte Patrik. „Neeein", drängt Lena noch einmal. Ihr war überhaupt nicht bewusst, wie weit sie durch die engen alten Straßen Londons gelaufen waren und dass sie eigentlich keine Ahnung hatte, wohin sie gingen. „Gut, ok."

„Ich habe die Analyse für dich durchgeführt, weil man dir nicht trauen kann. Er hat auffällige braune Augen und weiche schwarze Locken. Er ist sympathisch, charismatisch. Er hat gepflegte Hände und ist immer gut gekleidet ... Ähm, so ein lässiger Stil. Ich glaube nicht, dass er aus London kommt, obwohl sein Englisch perfekt ist. Etwa einhundertachtzig Zentimeter groß, athletischer Körper. Mehr habe ich noch nicht herausgefunden, aber ich arbeite daran", beendete Patrik seine ausführliche Antwort.

„Ich kann dich nicht zwingen", verstand Lena nicht und lächelte nur. „Aber, um die Wahrheit zu sagen, er sieht Oskar sehr ähnlich", sagte sie plötzlich, sogar erschrocken. „Wer ist Oskar?", fragte Patrik interessiert. „Niemand", antwortete sie plötzlich knapp. „Klar, ich weiß.

Der heutige verpasste Anruf. Und da dich niemand angerufen hat und du über niemanden reden wolltest, nehme ich an ...", analysierte Patrik richtig. Und Lena nickte nur.

DAS ZEHNTE KAPITEL

Indien

Patrik ergriff ihre hübsch manikürte Hand mit tiefrot lackierten Nägeln und wandte sich plötzlich ab. Er zerrte sie die Treppe hinunter, wo die Holztür geschlossen war. Er drehte langsam den schweren Metallgriff und das Holz knarrte laut.

„Wo zum Teufel bin ich ..." Lena hatte keine Zeit zu sprechen, als Patrik sie wortlos hereinzog. Ihre Stimme ging in der lauten Musik verloren. Sie hörte Geiger, Schlagzeuger, Pianisten. Der ganze Chor war wirklich da. Überall war es dunkel und abgesehen von Live-Musik und Applaus konnte sie nur den Boden spüren, über den Patrik sie vorsichtig an der Hand entlangzog.

„Bitte stolpere nicht, wir sind bald da", schrie er ihr direkt ins Ohr. „Aber wo?" Lena brannte schon vor Neugier. „Durchhalten! Du bist furchtbar ungeduldig", warf ihr Patrik vor. „Das habe ich schon irgendwo gehört", antwortete sie knapp und ließ sich weiter an der Hand ziehen, bis sie plötzlich mit Patrik zusammenstieß.

„Du bist wie ein Elefant", schmeichelte er ihr. Sie wollte Einspruch erheben, aber in diesem Moment wurden sie von einem hellen Licht geblendet, und Lena befand sich in unmittelbarer Nähe der Bühne, auf der bunt gekleidete schöne Frauen zu den Rhythmen der Geige und des Klaviers marschierten und tanzten.

Erst jetzt, als der Raum der Bühne mit Licht durchflutet wurde, offenbarte sich das Innere eines alten französischen Pubs, das in seinem ursprünglichen Stil erhalten blieb. „Was? Kabarett? Woher wusstest du das?" Ihre Augen leuchteten vor Glück. „Ich wusste es nicht", lachte Patrik und zog sie zum nächsten freien Tisch.

Sobald sie sich gesetzt hatten, beugte sich Lena zu ihm und gab ihm einen Kuss auf die Wange. „Danke", flüsterte sie mit ihren Lippen, war sich aber nicht sicher, ob Patrik sie hören konnte. Aber er erkannte Lippen, die Dankbarkeit ausdrückten. „Gern geschehen", lächelte er und machte eine Geste mit seinen Händen. „Nur für den Fall, dass dein Verehrer nicht eifersüchtig wird", lachte er.

„Oh, du bist so ein Verehrer", erwärmte Lena für ihn und schenkte ihm keine Beachtung mehr. Sie war völlig in die Aufführung vertieft. Sie saugte die Atmosphäre auf, klatschte, lachte, sang. Sie nahm Patrik überhaupt nicht mehr wahr und er ließ sie es in vollen Zügen genießen.

Es war einfach ihr Abend. Sie hatte das Gefühl, dass sie nur für sie spielten, für ihr verletztes Herz. Und als ihr vor Rührung Tränen über die Wangen liefen, wischte Patrik sie einfach sanft mit der Hand weg und nahm weiterhin schweigend ihren Herzschlag wahr.

Erst beim Schlussapplaus spürte sie es und wiederholte immer wieder: „Wunderbar, wirklich wunderbar. Ich wollte schon immer diese Art von Atmosphäre erleben." „Es war schön, dir zuzusehen. Ich habe schon lange niemanden mehr so bewegt gesehen." „Ja, es war fantastisch", fuhr Lena fort. „Hast du keinen Hunger?"

„Komm, ich bringe dich nebenan in so einen kleinen, ruhigen Betrieb", schlug Patrik vor und reichte ihr erneut seine Hand. „Werden wir heute die ganze Zeit Händchen halten? Wie ein Pärchen?", scherzte Lena. „Sei nicht oberschlau und komm", lachte Patrik.

„Na klar, klar, ich komme." Sie verließen die Kabarettkneipe und gingen die Treppe zur Straße hinauf. Und da wurde Lena wieder klar, dass sie sich bei Patrik bedanken wollte. Sie drückte seine große Hand fest und brachte ihn dazu, stehen zu bleiben.

„Danke schön. Es bedeutet mir viel. Es war wie Balsam für die Seele. Ich bin voller Eindrücke, Energie, Musik, Gesang", platzte sie aufgeregt heraus. „Es war mir eine Freude", antwortete Patrik, lächelte und begann wieder zu laufen. „Ich bin schon hungrig wie ein Wolf, also zögere nicht und komm."

Lena merkte, wie immer in einem bestimmten Moment, dass sie mit ihrem Humor eine Situation verändern konnte, in der sie sich nicht mehr wohl fühlte. „Okay, okay, jag mich nicht so sehr", murmelte Lena. In der nächsten Straße bog Patrik plötzlich in eine recht enge Gasse ein. „Ich sehe, du hast eine Vorliebe für Unternehmen, die vor den Augen der Menschen verborgen sind."

„Das sagst du, als wärst du noch nicht zufrieden", entgegnete der immer noch lachende Patrik. „Ich nehme an, es wird wieder die Treppe hinunter sein ..."

„Diesmal hast du es erraten", ließ er sie nicht ausreden, „aber das ist keine Regel." Und tatsächlich, sie gingen ein paar Meter und Patrik zerrte sie wieder die Treppe hinunter.

Die Fenster befanden sich auf Kellerhöhe, waren aber nicht so klein, hübsch mit Lichtern dekoriert und an der Tür hing eine wunderschöne Inschrift: „Masala". „Indien?", fragte Lena. „Gefällt es dir?", antwortete Patrik mit einer Frage, obwohl er davon überzeugt war, dass sie sich, auch wenn nicht, hier auf jeden Fall satt essen und zufrieden sein würden.

Also schenkte er Lena keine Beachtung und wartete nicht einmal auf eine Antwort. „Ja, sehr", sagte Lena und leckte sich innerlich. Als sie sich setzten, sagte sie glücklich: „Ich fühle mich heute wie in einem Wunderland."

„Genieße es", lächelte Patrik. „Du erfüllst alle meine Wünsche, als ob du meine Gedanken lesen würdest", lobte sie ihn. „Na dann", er reichte ihr die Speisekarte, „lass uns schnell etwas bestellen, ich bin hungrig wie ein Wolf."

„Okay, mein Wolf", sagte sie und begann zu wählen. Auch für Patrik hat sie sich überraschend schnell entschieden. „Ich nehme Kokos-Limetten-Creme als Suppe, Masala-Curry und Naan", sagte sie glücklich.

„Ich sehe, du kennst dich aus." „Ich liebe indisches Essen, es ist eine Sucht für mich", schwärmte sie. Während sie auf das Essen warteten, fragte Patrik plötzlich: „Magst du Oskar noch?" Lena sah ihn überrascht an.

„An welchem Ende soll ich anfangen?" Sie lächelte traurig. „Genau an dem, das du mir geben willst. Denn wenn ich dich fragen würde, wer Oskar ist, wäre die Antwort niemand, und das habe ich heute schon gehört."

„Du hast recht, es tut mir leid", entschuldigte sich Lena, obwohl sie wusste, dass das nicht nötig war. Dass es nur ihr Leben und nur ihre Sache ist, wem sie sich anvertraut. Aber Patrik war anders. Trotz der kurzen Zeit hatte sie das Gefühl, ihn schon seit Jahren zu kennen und ihm vertrauen zu können.

„Ich weiß es selbst nicht. Du kannst deinem Herzen nichts befehlen, aber ich habe das Gefühl, dass ich langsam taub werde." „Ich verstehe dich. Als ich meine Freundin traf, war sie wie eine zerbrochene Blume, und du erinnerst mich sehr an sie."

„Weißt du, ich bin nach London geflohen, um seinem Blick nicht ausgesetzt zu sein. Er weiß nicht einmal, dass ich ihn verlassen habe. Ich sagte, ich fahre in den Urlaub", endete Lena plötzlich erleichtert.

Sie schnappte sich eine warme Tasse süßen indischen Tee, der ihnen inzwischen gebracht worden war, und trank ihn mit Genuss. „Ist er gut?" Sie wechselte völlig das Thema.

„Er ist großartig, genauso, wie ich ihn mag. Aber ich sage dir, du bist ja ein nettes Früchtchen. Er gefällt dir und du packst deine Koffer? Ziemlich unlogisch", er sah ihr in die Augen. Doch Lena schwieg. „Und was hat das mit der weißen Orchidee zu tun?", fragte er plötzlich.

„Die weiße Orchidee ist das Tattoo, mit dem er mich markiert hat. Die weiße Orchidee ruft mich schon seit Jahren", sagte sie traurig.

„Ich verstehe, es ist ganz nett, nicht wahr?", nickte Patrik. „Ja, es wäre ganz schön, wenn ich die Frau seines besten Freundes nicht in der Sauna treffen würde, in die ich schon seit Jahren gehe, und sie war noch nie dort."

„Na und?" Patrik verstand es nicht. „Sie hat mir in der Sauna genau das gleiche Tattoo an genau der gleichen Stelle gezeigt." „Es hat doch nichts zu bedeuten, oder?"

„Gezeichnet von Oskar, nach dem Pendant seiner Mutter." „Okay, aber das hat noch nichts Dramatisches zu bedeuten", wandte Patrik immer wieder ein.

„Nachts, als er schlief, habe ich sein Handy durchgesehen. Ja, ich weiß, dass ich das nicht tun sollte, aber die Verzweiflung hat mich dazu gezwungen", entschuldigte sie sich.

„Nun, nehmen wir an, du hättest einen Grund. Und weiter? Was hast du gefunden?" Er brannte vor Neugier. „Ich habe Nachrichten, Fotos, Liebesgedichte gefunden, er nannte sie wie mich: seine weiße Orchidee.

Sie einigten sich darauf, das Wochenende in unserem Ferienhaus zu verbringen, also folgte ich ihnen." „Also ist es ziemlich Hammer", Patrik schüttelte den Kopf.

„Sie posierten direkt an einem Fenster", sagte Lena, während ihr Tränen aus den Augen schossen. Patrik wischte sie freundlich ab und streichelte ihr übers Haar.

„Ich habe sie gefilmt und an ihren Mann in der Schweiz geschickt. Und dann habe ich ruhig eingepackt und gesagt, dass ich eine nichtexistierende Tante aufsuchen würde", beendete Lena die Geschichte.

Patrik sah sie nur an und schwieg. Er überlegte, was er sagen sollte. Und Lena fuhr fort. „Ich dachte, wenn ich weg wäre, würde Oskar mit mir Schluss machen und dass er bei ihr sein würde. Dafür habe ich ihm ausdrücklich Raum gegeben."

„Aber das Gegenteil ist passiert, nicht wahr?" „Ja, genau. Seitdem ich hier bin, ruft er ständig an, schreibt, schickt Geständnisse, und ich komme nicht mehr raus."

„Was denkst du, ist passiert? Haben sie sich getrennt?" „Ich habe keine Ahnung. Aber es muss ziemlich ernst zwischen ihnen gewesen sein, nachdem sie sich tätowieren ließ. Er gab es mir erst nach ein paar Jahren. Bedenke, dass ich meine ganze Jugend mit ihm verbracht habe und nie an meiner Liebe zu ihm gezweifelt habe."

„Erst jetzt habe ich vieles verstanden." „Das ist in Ordnung, lass sie einfach raus, auch wenn es weh tut. Und dieser Freund, hat er dich nicht angerufen?" „Nein, er weiß nicht, dass ich es war. Wir hatten nie die Nummern des anderen und ich habe ihn blockiert, nachdem ich ihm das Video geschickt habe."

„Ich verstehe. Anstatt also zu bestätigen, wie gut es war, dass du gegangen bist, zweifelst du und weißt nicht, wie du dein Herz kontrollieren kannst …", überlegte Patrik. „Irgendwie", stimmte Lena zu. „Hast du das Video noch?"

„Natürlich wird es es irgendwo noch geben." „Zeig es mir", drängte Patrik. Lena sah ihn überrascht an, entsperrte dann ihr Handy und begann, durch Dutzende Fotos zu scrollen, die sie bereits in London gemacht hatte.

Als sie es endlich gefunden hatte, reichte sie ihm das Handy. Patrik schaute sich das Video an und schaute dann Lena an und sagte: „Sehr interessantes Video." „Interessant?" Lena verstand nicht. „Ja, sehr interessant. Hast du das Ganze gesehen?" „Natürlich habe ich es gesehen, denn ich war da und habe ihn gefilmt", antwortete Lena irritiert. „Nun, es scheint mir, dass du nicht gut hingesehen hast, dass du etwas verpasst hast."

„Jetzt verstehe ich es wirklich nicht!", sagte Lena wütend. „Was verstehst du nicht?", fragte Patrik, „schau es dir noch einmal an", sagte er und reichte Lena das Telefon. Sie blickte auf Oskar und auf die Nachbarin, auf seine Küsse, auf seine Berührungen, die er einer anderen gab, bis sie weinte.

Patrik ließ sie jedoch das Video bis zum Ende anschauen. Diesmal wischte er ihre Tränen nicht weg, sondern sah sie nur schweigend an. Als sie das Video zu Ende gesehen hatte, sah sie ihn mit tränenreichen Augen an. „Was ist?", fragte sie mit plötzlich brüchiger Stimme. „Was ist? Hast du es nicht gesehen?", sagte Patrik streng. „Was habe ich nicht gesehen?" Lena verstand es immer noch nicht.

„Hast du nicht gesehen, wie deine engste Person deine Träume zerstört? Wie er dein Herz betrügt, wie er in deine Liebe einschneidet?" „Ich habe es gesehen, aber …", antwortete Lena. „Aber? Aber was … und du lässt dich nach all dem von einigen Nachrichten von ihm täuschen? Wirst du dich von süßen Worten täuschen lassen, nachdem du es mit deinen eigenen Augen gesehen hast?!" Lena sah einfach schweigend an.

Patrik hat recht, dachte sie. Sie macht sich Sorgen wegen der Liebesnachrichten und bereut es immer noch. Sie hatte bereits vergessen, was sie gesehen hatte. „Habe ich recht? Deshalb sagst du nichts! Möchtest du jemandem Aufmerksamkeit schenken, der dir versehentlich keine Aufmerksamkeit geschenkt hat? Wo warst du, als er diese Blondine streichelte? Glaubst du, er hat an dich gedacht?"

Es war wie ein Schlag ins Gesicht. Patriks Worte brachten sie zurück in die Realität. In eine Realität, die sie wortlos verlassen konnte und die hier in London irgendwie verschwunden ist.

„Gib mir das Telefon", Patrik streckte seine Hand aus und sie reichte es ihm wortlos. Er öffnete die Nachrichten und begann langsam auf die Buchstaben zu tippen. Sie wusste nicht welches, aber sie verließ ihn, weil sie wusste, dass sie es selbst nicht schaffen würde.

Dann gab er ihr das Telefon zurück und sagte: „Ich habe seine Nummer gesperrt und gelöscht. Ich habe auch alle seine Mitteilungen gelöscht." „Was?" Lena verstand es nicht. „Vertrau mir, so hast du einen besseren Start."

Sie war wütend. Oder nicht? Sie wusste es nicht. Sie wusste nur, dass sie es alleine nie schaffen würde. Als das Essen kam, waren die Tränen gerade getrocknet. „Komm, genieße dein Essen", sagte Patrik.

„Es ist das beste Indien in London." „Danke", sagte Lena lächelnd. Sie erwachte plötzlich aus einem hundertjährigen Schlaf, und plötzlich fiel ein schwerer Stein von ihrem Herzen, den sie jahrelang dort getragen hatte.

Endlich konnte sie tief durchatmen. Sie schloss die Augen und atmete erleichtert auf. Es war wirklich das beste indische Essen, das sie je gegessen hatte.

Auf dem Heimweg hielt Patrik immer wieder ihre Hand und streichelte ihr gelegentlich die Haare, und sie spürte, dass die besten Anfänge auch die schmerzhaftesten sein können.

DAS ELFTE KAPITEL

Zufällige Begegnung

Es war Mittagszeit und er beschloss, Zeit im Park statt in der überfüllten Cafeteria zu verbringen. Er kaufte sich einen Kaffee in einem malerischen kleinen Café, wechselte ein paar Worte mit einem Mädchen, das über seine Witze lachte, und ging dann in den Park. Das Ende des Projekts rückte näher und er musste immer häufiger lüften. Er lächelte unbewusst bei dem Gedanken an das Mädchen aus dem Café.

Es war Jahre her, seit er sich so gefühlt hat wie jetzt, er fühlte sich wie ein Teenager, der im Unterricht beeindrucken wollte, nur um von der Frau seiner Träume bemerkt zu werden. Eigentlich war es nicht das Mädchen aus dem Café, sondern das Mädchen mit dem Trüffel. Seit er sie bei Francesco gesehen hatte, konnte er sie nicht vergessen, und dann traf er sie zufällig im Park. Okay, er folgte ihr zu ihrem Haus, ging aber trotzdem in ihre Richtung und entschuldigte sich. Und dann betrat er das Café, wo Patrik, der Sohn seines Chefs, mit ihm sprach.

„Nun, herzlich willkommen, also dich würde ich hier nicht erwarten. Was machst du hier? Oder hat dich vielleicht mein Vater geschickt?" Die Begrüßung verwandelte sich fast in einen Vorwurf. „Patrik, mein Gott. Ich freue mich so, dich zu sehen", sagte er ganz herzlich und der junge rothaarige Junge lief voller Freude auf ihn zu.

„Alex, ich mich auch. Es sind Monate vergangen." „Ja, seit du deine Eltern verlassen hast", sagte Alex und umarmte ihn. „Hat mein Vater dich geschickt?" Patrik hielt inne. „Sei nicht verrückt. Ich war nicht weit von hier entfernt, im Park, bin dann diesen Weg gelaufen und habe dieses wunderschöne Café entdeckt", log Alex. „Ja, du hast recht, es ist wirklich wunderschön." In dem Moment, als er das sagte, kam eine junge blonde Frau in einem geraden Kleid herein und Alex sah sie an, als würde er einen Geist sehen. „Ja, es ist wirklich wunderschön", wiederholte Alex und sowohl er als auch Patrik wussten, dass er nicht mehr über das Café sprach. „Ich mache dir einen Cappuccino, willst du einen?", schlug Patrik vor.

Alex schaute auf die Uhr und überlegte, bis er schließlich entschied, dass er noch ein paar Minuten hatte. Er kannte Patrik seit seiner Kindheit, arbeitete für seinen Vater und wusste, was Patrik und die ganze Familie durchgemacht hatten. „Okay, ich würde mich freuen", stimmte er schließlich zu. Das Café begann sich zu füllen, also schlug er vor: „Kann ich da sitzen? Ist das in Ordnung?" Er wählte einen Platz mit Blick auf den Park, aber auch auf die ganze Bar. „Klar", lächelte Patrik. „Und komm öfter vorbei, ich freue mich."

„Ich komme auf jeden Fall vorbei", versprach Alex und setzte sich. Lena brachte ihm seinen Cappuccino. Ein wenig unsicher, abgelenkt, aber mit einem schönen Lächeln.

„So sei es", sagte sie und stellte den Cappuccino auf den Tisch, aber als sie ihn abstellte, verschüttete sie ihn. „Oh, tut mir leid, ich bin abgelenkt", entschuldigte sich Lena. „Keine Sorge, es ist nichts passiert", tröstete Alex sie.

„Ich werde es für Sie abwischen." „Nein, keine Sorge, ich mache es selbst", und beide griffen fast gleichzeitig nach den Papierservietten im eleganten Ständer, bis sich ihre Hände berührten. „Es ist mein erster Tag", lächelte Lena abgelenkt und er ergriff ihre Hand und sagte:

„Es ist wirklich nichts passiert. Es ist völlig in Ordnung. Daher wünsche ich Ihnen einen erfolgreichen Start hier", er blickte sie mit seinen dunklen Augen an und lächelte sanft. „Vielen Dank. Sie sind wirklich nett", lächelte Lena und wischte den verschütteten Cappuccino auf. „Ich habe das ganze Bild auf dem Cappuccino verdorben", entschuldigte sie sich erneut.

„Wenigstens habe ich einen Grund, wiederzukommen." „Es ist also fast ein Marketing-Schachzug meinerseits", lachte sie fast entspannt. „Genau, und Sie haben mich definitiv dazu gebracht", lachte auch Alex. „So sei es", sagte er und sie ging.

Alex betrachtete das Bild auf dem Cappuccino, das, was von ihm übrig geblieben war. Die Ränder des Gemäldes waren gebrochen, aber der Hauptteil blieb auch durch Lenas ungeschickte Platzierung auf dem Tisch völlig unberührt. Auf dem Bild in der Mitte der Tasse war die Silhouette eines lockigen Mannes zu sehen, der einem Mädchen mit langen Haaren und einem kleinen Herzen dazwischen gegenüberstand, das sie beide mit ihren Händen berührten. Sie standen im Schatten eines wunderschönen Baumes. Ein nahezu perfektes Bild.

Alex war fassungslos und mit leicht zitternden Händen entsperrte er sein Handy und machte ein Foto von dem Cappuccino. Seitdem sind genau zwei Wochen vergangen. Und er fügte seiner Galerie vierzehn Bilder der Silhouette eines lockigen Jungen und eines Mädchens hinzu, das einst offene Haare und einen weiteren französischen Knoten hatte. Aber sie hatte immer ein Lächeln im Gesicht. Und er verliebte sich. Als kleiner fünfjähriger Junge zum ersten Mal im Kindergarten. In ein Mädchen, das ihn nicht einmal bemerkte. Denn genau so ging es ihm mit Lena. Er ging jeden Tag zu ihr.

Und Lena tat jeden Tag so, als würde sie ihn zum ersten Mal sehen. Er verstand es nicht, sie entwickelten ständig einen Dialog, es kam ihm sogar so vor, als ob sie mit ihm flirtete.

„Hallo, willkommen. Was darf es sein?" Sie lächelte. „Ich hätte gerne einen Cappuccino", antwortete Alex lächelnd. „Bitte schön. Hinsetzen. Ich bringe es Ihnen gleich. Wenn ich es Ihnen empfehlen darf, nehmen Sie an dem Tisch dort drüben Platz. Sie haben einen wunderschönen Blick auf den Park. Ich glaube, es wird Ihnen dort gefallen und Sie werden wieder zu uns kommen."

Und am nächsten Tag setzte sie ihn wieder in die gemütliche Bibliothek und vergaß nicht, hinzuzufügen: „Ich glaube, dass es Ihnen hier gefallen wird und Sie zu uns zurückkommen werden." Und er hat sie nur ausgelacht, sie hat ihn amüsiert. Aber er verstand, dass sie ihn überhaupt nicht wahrnahm. Dass sie ihn nicht sehen kann. Aber warum? Schließlich lachte sie mit ihm.

Er verstand es nicht. Sie redete sogar lange am Schalter mit ihm über den Park, wie schön er sei, und er fragte sie: „Wie wäre es mit einem Sonntags-Cappuccino im Park mit mir?" „Oh, klar, das würde ich gerne tun. Vielen Dank für die Einladung, ich freue mich darauf."

Und am nächsten Tag, als wäre nichts gewesen: „Hallo, willkommen bei uns. Ich setze Sie an den Tisch mit der besten Aussicht. Ist das Ihr erstes Mal hier?" Und er verstand es nicht. Er verstand es nicht. „Was mache ich falsch?", fragte er sich. „Oder habe ich ganz vergessen, Frauen anzupacken?"

Aber er gab nicht auf und ging jeden Tag hin, bis er eines Tages einen Moment fand, in dem Patrik frei war, und ihn fragte: „Patrik, wie wäre es, wenn wir zusammen essen gehen? Es ist viele Monate her, seit wir zusammen zu Abend gegessen haben. Was sagst du?" Und Patrik stimmte zu.

„Das würde ich gerne tun, aber du musst mir versprechen, dass du mich nicht dazu überreden wirst, wieder mit meinem Vater zu arbeiten." „Ich verspreche, dass ich es nicht tun werde. Dein Vater weiß nicht einmal, dass ich hierher komme, um einen Cappuccino zu trinken", lächelte er. „Also sind wir uns einig." „Morgen?", drängte Alex.

Patrik erkannte die Dringlichkeit in seinem Blick und stimmte zu. „Sechs Uhr abends?", antwortete er und Alex lächelte zufrieden. „Das ist gut." „Ich freue mich darauf", antwortete Patrik und Alex ging.

***

Sie trafen sich in einem Restaurant, in das Alex ihn jahrelang eingeladen hatte. Alex war die rechte Hand von Patriks Vater. Und als Patrik noch ein kleiner Junge war, passte Alex oft auf ihn auf, wenn seine Eltern es brauchten. Zu ihm entwickelte er eine fast väterliche Beziehung, und Alex mochte ihn auch wie seinen eigenen Sohn.

„Also sag mir, was gibt es Neues bei dir? Du bist also ständig im Café?", fragte Alex interessiert. „Ja, ich bin sehr zufrieden.

Mir macht das, was ich tue, Spaß. Ich arbeite gerne mit Menschen. Und diese tägliche Abwechslung ist perfekt für mich." „Jeden Tag kommen andere Leute und ich erschaffe andere Bilder." „Verstanden", Alex nickte.

„Das tust du, aber Vater und Mutter nicht", sagte Patrik und sie überbrückten ein Thema, das Alex unbehaglich machte. Er mochte Patrik, aber auch seine Eltern. Sie waren wie seine eigenen Eltern. Patriks Vater gab ihm als jungem, unerfahrenem Mann eine Chance, gab ihm Möglichkeiten und nahm ihn in die Familie auf. Und er hat sein Vertrauen nie missbraucht. Daher war es für ihn schwierig, eine Seite zu ergreifen.

„Weißt du, Patrik, die Beziehungen zu den Eltern sind manchmal sehr kompliziert", sagte er, eine Formel, die er oft hörte, aber er selbst gehörte nicht zu der Gruppe von Menschen, auf die sie zutraf. Seine Eltern haben ihn immer unterstützt, egal, wie er sich entschieden hat. Allerdings wurde ihm sofort klar, dass Patrik keine gelernten Formeln hören wollte. Dass dieser Satz nichts ändern wird, deshalb hat er sofort versucht, ihn zu korrigieren: „Ich kann versuchen, mit ihnen zu reden", schlug er vor.

„Nein, ich möchte dich nicht hineinziehen", widersprach Patrik. „Manche Dinge brauchen Zeit. Gib sie deinen Eltern, damit sie lernen, dich so zu mögen, wie du bist, und nicht so, wie sie dich gerne hätten."

„Hmm, genau das hast du gesagt. So wie ich bin, nicht so, wie sie mich haben wollen. Glaubst du, dass sie es jemals schaffen werden? Werden sie es schaffen? Mit ihrem perfekten Leben, einen so unvollkommenen Sohn zu lieben?" „Ich denke, eines Tages werden sie erkennen, dass sie ihren eigenen Sohn vollkommen verloren haben." „Der nicht bettelnd nach einem Monat zurückgekehrt ist, wie sie vermuteten" „Sie sind vernünftige Leute", versuchte Alex sie zu verteidigen, weil er nicht wollte, dass dieses Gespräch zu einem Urteil wurde.

„Das habe ich nie in Frage gestellt", argumentierte Patrik. „Ich möchte sie nicht entschuldigen, aber ...", antwortete Alex nicht. „Sie werden mich völlig verlieren und es wird zu spät sein", sprang Patrik in seine Rede ein.

„Ich glaube, man gibt ihnen immer eine Chance. Du bist ein wohlerzogener junger Mann." „Oder mein Herz wird völlig verhärten und andere Menschen werden es füllen. Weißt du, was ein Paradoxon ist? Dass Fremde meine Arbeit mehr genießen als meine engsten Vertrauten".

„Manchmal bereitet uns das Leben genau solche Prüfungen vor. Aber ich glaube, dass sich das bald ändern wird. Deine Mutter ist traurig, das Lächeln ist aus ihrem Gesicht verschwunden." „Im Gegenteil, ich habe es gefunden. Ich lache jeden Tag. Ich war noch nie so glücklich wie zu dem Zeitpunkt, als ich beschloss, das Unternehmen und die Universität zu verlassen." „Ich glaube, nicht jeder hat die Kraft, sich für die Freiheit statt für den asphaltierten Weg zu entscheiden. Doch ich glaube dir. Du kannst mich jederzeit kontaktieren. Ich mag dich, Patrik." „Ich dich auch. Du weißt, dass du wie meine Familie bist, wenn auch nicht blutsverwandt, aber echt." „Jetzt sag mal, magst du Lena?" „Lena?" Alex verstand die Brücke nicht. „Ich meine meine Kollegin."

„Ah, das Mädchen mit dem Trüffel", sagte Alex verträumt und erzählte Patrik, wie er sie zum ersten Mal traf und dann immer wieder. „Hmm, das ist interessant", lächelte Patrik, „du weißt, ich bin kein Heiratsvermittler, was passiert, liegt an euch beiden. Aber ich würde dir endlich etwas Glück gönnen. Obwohl ich nicht weiß, ob es bei Lena zu finden ist. So gut kenne ich sie noch nicht. Sie ist ein gutes Mädchen, aber ich habe das Gefühl, dass sie ihre eigenen Schatten hat, die sie verfolgen", sagte Patrik ernst. „Jeder hat seinen eigenen Schatten, Patrik. Du weißt, ich auch", er sah ihn mit seinen dunklen Augen an. „Ich möchte sie nicht sofort heiraten, aber vielleicht eine Freundin oder eine Seelenverwandte haben. Es ist an der Zeit, nach so vielen Tagen allein." „Da hast du recht, sorry", lächelte Patrik und stellte sich Lena neben Alex vor.

Ihm gefiel die Idee, aber er musste herausfinden, was Lena störte. In dieser kurzen Zeit ist sie ihm ans Herz gewachsen. Und es ist ein unglaublicher Zufall, dass es Alex war, den sie traf. Er wünschte sich so sehr, dass er ein paar Tage Sonnenschein finden würde. Aber er hatte das Gefühl, dass Lena wie ein verwundetes Tier war, sie konnte ihm wehtun. Dass er Lena zuerst helfen müsste. Aber schön wäre es trotzdem. Er fühlte ein gutes Herz in ihr. Er war sich ihres guten Herzens sicher.

Aber nicht immer treffen sich gute Herzen und entscheiden sich für ein gemeinsames Leben. Und das war die süße Bitterkeit des Lebens, fernab von Plänen oder Ideen. Patrik hat gelernt, das Leben als Geschenk zu nehmen und für jeden Tag dankbar zu sein, auch wenn er nicht unseren Erwartungen entspricht.

Und das gab ihm die unglaubliche Kraft zu leben und jeden Tag zu genießen. Lass einschränkende Vorstellungen los und spüre einen Hauch von Freiheit. Und genau das haben seine Eltern nie verstanden.

DAS ZWÖLFTE KAPITEL

Die Nachricht

„Hallo Oskar, hast du heute Zeit? Ich habe gekocht … Kommst du vorbei?", rief sein Vater ihn vor dem Mittagessen an. Zum Sonntagmittag hatte er keine besondere Vorliebe.

Er konnte an jedem Tag der Woche einen Hauch von Sonntag erzeugen. Das war auch heute so und Oskar wusste, dass er sich auf den Nachmittag freuen konnte. Dass es Pflaumenauflauf mit Streuseln darauf geben wird, langsam im eigenen Saft gebratenes Fleisch und Kartoffelpüree, bei dem der Vater bestimmt etwas Neues hinzugefügt hat. Es gelang ihm, mit ganz gewöhnlichem Essen eine echte familiäre Atmosphäre zu schaffen.

„Hallo Vater", sprach ihn Oskar lächelnd an, als er kam, um ihm das verschlossene Tor zu öffnen. Die Schlüssel hatte er, aber er hatte sie nicht mehr benutzt, seit er bei seinen Eltern ausgezogen war. Nur einmal, als Vater krank war. Er wusste, dass auch er seine Privatsphäre brauchte, und indem er immer darauf wartete, dass sein Vater öffnete, zeigte er ihm, dass er seinen Freiraum respektierte.

„Willkommen, Oskar", begrüßte ihn ein älterer, grauhaariger Herr. Trotz vieler Krankheiten war er immer noch aktiv und unabhängig. Der Altersunterschied zwischen Oskar und seinem Vater war größer als bei seinen Altersgenossen. Ja, Vater verstand viele Dinge nicht, aber er versuchte immer, jede seiner Entscheidungen zu akzeptieren und ihn zu unterstützen. „Wo ist Lena?", folgte die Frage seines Vaters. Er mochte Lena und verstand nicht, warum sie trotzdem keine Familie gründeten. „Sie ist bei ihrer Tante in London. Habe ich das nicht erwähnt?" „Du hast es erwähnt, aber es scheint, als wäre es schon eine Weile her", sagte Vater nachdenklich.

„Seit langer Zeit", antwortete Oskar traurig und offenbarte damit ungewollt seine Gefühle. „Bist du traurig, nicht wahr?", fragte Papa besorgt. Er wollte seinen Vater nicht mit seinem Privatleben belasten, also winkte er nur ab. „Es ist auszuhalten. Keine Sorge. Wenigstens haben wir eine Pause voneinander", sagte er nachlässig.

„Deine Mutter und ich brauchten nie eine Pause voneinander", sagte er streng, „im Gegenteil, wir waren glücklich zusammen. Aber deine Generation braucht immer eine Pause von irgendetwas", sagte er ernst, doch dann schien ihm klar zu werden, dass er seinem Sohn nicht predigen wollte, also lachte er ihm in die Augen und strich sich über den Bart.

Und doch, als sie das Haus betraten, konnte er es nicht lassen und sagte: „Du solltest dich endlich bewegen und ihr einen Heiratsantrag machen." „Du auch? Was ist los mit euch allen?", lachte Oskar. „Eigentlich ist es überhaupt keine schlechte Idee."

„Siehst du", lächelte Papa und scharrte mit seinen Hausschuhen auf der Matte. Auch Oskar lächelte, er vermisste Lena wirklich und Martin wusch ihn den Kopf. Er erkannte, dass er absolut recht hatte. Nach einem unangenehmen Auftritt bei Milan kam er zur Besinnung. Es tat ihm leid, seinen Freund zu verlieren, und er verstand, dass Milans Frau nur mit ihm spielte. Es ging alles schief und er fühlte sich auch ohne das nicht wohl in seiner Haut.

Er wollte noch eine Nacht im Haus seiner Eltern bleiben. Im Warmen. In Sicherheit. Er war nicht schwach, er rannte nicht vor Problemen davon, er musste nur seine Gedanken ordnen. Und im Haus seiner Eltern hat er sich immer am besten geschlagen.

„Papa, warum hast du nie wieder geheiratet?", fragte er plötzlich, während er das saftige Fleisch schnitt. „Mein lieber Oskar, manchmal bleiben wir bereitwillig in einem bestimmten schönen Moment gefangen, der sonst vergehen würde, trotzdem ...", er sprach nicht weiter. „Trotzdem?", wiederholte Oskar. Er redete gern mit seinem Vater. „Trotz der Tatsache, dass wir dadurch unser gesamtes Leben durch das Aufblitzen einer unumkehrbaren Vergangenheit durch die Finger gleiten lassen", schloss er traurig. „Weißt du, Oskar, mach nicht ähnliche Fehler wie ich. Deine Mutter würde das nicht wollen." Oskar schaute traurig zum Küchenfenster und schnappte sich unbewusst den weißen Orchideenanhänger, den er von seiner Mutter geerbt hatte. „Sie hat dich sehr geliebt, du warst ihr Leben." „Ich weiß, Vater, ich weiß. Ich mochte sie auch sehr. Dank dir ist die Erinnerung an sie nie verblasst. Danke", und beide schwiegen.

„Vater?" „Ich höre dich." „Es ist niemals zu spät ..." „Für mich ja. Schau mich an. Ich bin zweiundsiebzig Jahre alt." „Du siehst immer noch gut aus und außerdem kannst du gut kochen. Ich glaube, jemand würde dich auf jeden Fall wollen." „Du meinst eine alte Oma", scherzte der Vater und beide lachten herzlich. Der Nachmittag ging in den Abend über und Oskar spürte, dass sein Vater ihm noch etwas sagen wollte.

Aber er hatte Angst, dass er ihm von einer schweren Krankheit erzählen wollte, und so versuchte er jedes Mal, wenn sein Vater es ernst meinte, ihn aufzuheitern und für ein anderes Thema zu interessieren. Die Angst, seinen Vater zu verlieren, war größer als die Neugier. Aber er sah, dass etwas seinen Vater störte, und schlug ihm daher vor, diese Woche wiederzukommen.

Er selbst brauchte Zeit, um sich auf das Gespräch vorzubereiten, also schlug er vor: „Sollen wir ein Match sehen?" „Was sagst du? Heute spielt Liverpool", und Papa stimmte zu. „Okay, ich werde glücklich sein. Wie geht es dir im Verein?", fragte der Vater.

„Das geht nicht, immer wieder das Gleiche, wir können nicht in eine höhere Liga aufsteigen", antwortete Oskar kopfschüttelnd. „Wo ist das Problem? Bist du schwach?" Vater versuchte, die Situation zu analysieren. Er hatte immer eine Art Einsicht, die Oskar manchmal fehlte. „Ich glaube nicht, dass ich schwach bin. Ich habe eher das Gefühl, dass wir nicht gut zusammenpassen", er griff zum Telefon und wollte seinem Vater ein Video vom Training zeigen.

„Wir machen technische Fehler, wir sind nicht konzentriert", begann er, während er durch die Galerie des Telefons blätterte, als eine Nachricht von Lena piepste. „Endlich", lächelte er. *Ich habe den ganzen Tag nichts von ihr gehört*, dachte er. Er blieb wie verbrüht zurück.

„Was ist passiert?" Sein Vater bemerkte seine Reaktion. „Aber da ist etwas in der Arbeit, ich muss gehen, tut mir leid", log er. Er wollte seinen Vater nicht belasten. „Okay, aber komm auf jeden Fall diese Woche. Wir müssen reden", sagte Vater ernst und Oskar hatte große Angst, dass er erneut eine schlechte Nachricht erhalten würde.

Er rannte schnell aus dem Haus seiner Eltern und stieg in Lenas Auto. Eigentlich kaufte er es für sie, aber jetzt, wo sie nicht da war, fing es an, nach ihm zu riechen. Und ihr Auto roch überall. Er fuhr die Gasse hinunter, in der Vater wohnte, und blieb dann stehen.

Er rief Lena an, aber niemand antwortete. Nur ein kurzer Piepton, immer und immer wieder. Er wählte erneut. Nichts. *Sie ist wahrscheinlich in der U-Bahn,* dachte er. Er wird sie später anrufen. Oder nicht. Er wird schreiben. Er klopfte nervös auf das Lenkrad, bis er versehentlich die Hupe betätigte. Er öffnete das Armaturenbrett und holte eine rote Schachtel Zigaretten heraus.

Er stieg aus dem Auto, lehnte sich gegen die Motorhaube und zündete nervös das Feuerzeug an. „Was zum Teufel ist los?", jammerte er. Er holte sein Telefon heraus und rief sie erneut an. Wieder keine Antwort. Er öffnete die Nachrichten und schaute sich Lenas neueste Nachrichten an.

„Ich wünsche dir Glück mit deiner neuen Orchidee." Unter der Nachricht war ein Foto von ihm und seiner Nachbarin. „Zur Hölle. Woher hat sie das?", schimpfte er. Er spürte, wie sein Blut schneller pulsierte.

„PS", begann eine andere Nachricht, „Ich habe auch jemanden getroffen, also schreib mir keine SMS, ruf mich nicht an. Es gibt ein klares Ende zwischen uns. Auf Wiedersehen. L."

Als ob sie es nicht geschrieben hätte, dachte er zuerst, doch gleich darauf entdeckte er Traurigkeit in diesen Nachrichten, und schon war es Lena. Du hast jemand anderen gefunden. Jetzt? Als er herausfand, dass er sie liebte. Wie ungerecht diese Welt ist. Er hat die Gelegenheit verpasst.

Er blies Rauch aus und rief Martin an. „Lena hat mit mir Schluss gemacht", verkündete er statt einer Begrüßung. „Was?"

Martin verstand es nicht. „Du hattest recht. Sie hat jemand anderen in London gefunden", sagte er einen Satz, den er selbst nicht verstand. Ein Satz, der meilenweit von der Realität entfernt schien und dennoch wahr war.

„Machst du Witze?", versuchte Martin. „Nein, ich weiß nicht. Sie hat es mir in einer Nachricht geschrieben", antwortete Oskar ernst. „In der Nachricht? Das sieht nicht nach Lena aus", antwortete Martin schockiert.

„Ja, in der Nachricht", wiederholte er und stimmte Martin im Geiste zu, dass das nichts mit Lena zu tun hatte. „Und hast du mit ihr gesprochen?", fragte Martin und versuchte zu verstehen, was passiert war.

„Nein, es ist, als wäre sie außer Reichweite", antwortete Oskar abwesend. „Oder du bist außer Reichweite", verstand Martin und wies Oskar kurzerhand ebenfalls an. „Was? Ich verstehe nicht." „Sie hat dich blockiert", kamen die Worte mühsam aus seinem Mund. „Daran habe ich natürlich nicht gedacht", schnallte schließlich auch Oskar.

„Nun, sie hat mich auch überrascht. Aber seien wir mal ehrlich, Oskar, das ist genau das, wonach du gefragt hast", sagte Martin offen. „Oh, danke, lieber Freund, genau das musste ich hören!", schnappte Oskar. „Ja, ich weiß. Gern geschehen. Vielleicht hast du damit gerechnet, dass ich dich im Bedauern unterstützen würde."

„Du bist ein Mann, du musst dich zusammenreißen, denn am Ende wirst du ein übergroßer, verlassener Alkoholiker sein", sagte Martin immer, was er dachte, unverblümt, es war ihm egal, aber er meinte es immer aufrichtig. „Na, übertreibe nicht, okay?" Oskar versuchte zu lachen. Aber es funktionierte nicht. Es ging ihm wirklich schlecht. Betrogen. Wie schnell sich die Karte drehen kann. „Treffen wir uns, es wird dir guttun", schlug Martin vor.

„Nein, nein, ich gehe nach Hause", lehnte Oskar ab, aber er wusste, dass er jetzt nicht zurück in die Wohnung wollte, in der ihn alles an Lena erinnerte. „Ich habe nicht gefragt, ob du willst", konnte Martin nicht widerstehen.

„Okay, ich bin in zwanzig Minuten in der Stadt.", stimmte er schließlich zu. „Oskar?", sagte Martin. „Ja?" „Es tut mir wirklich leid", sagte er aufrichtig. Er mochte Oskar und egal, was passierte, er würde ihn am Ende immer unterstützen.

„Mir auch, ich bin so ein Arsch", es tat ihm leid, alles, was er getan hatte. Wenn nur die Zeit zurückgedreht werden könnte. Aber genau das ist nicht möglich. „Sag mir wenigstens, war die verheiratete Frau eine Sünde wert?" Martins Frage brachte ihn zurück in die Realität.

„Das dachte ich", sagte er ehrlich. „Und? Was hat sich geändert?", fragte Martin überrascht. „Sie hat die ganze Zeit nur mit mir gespielt. Es war nicht das erste Mal, dass sie ihren Mann betrogen hat, während er bei der Arbeit war ..." Er sprach nicht weiter.

„Warte, du redest doch nicht von Milans Frau, oder?" Martin war schockiert, er kannte Milans Frau sehr gut. Sie war wunderschön, aber sie war einfach nur ein Luder. Vor ein paar Jahren hat sie es auch bei ihm versucht. „Genau die meine ich", sagte Oskar traurig. „Oh, Oskar, du weißt, wie viele solche sie hatte, vielleicht hast du nicht gedacht ..." Er war wütend, dass sein Freund sie traf und seine ganze Welt wie ein Kartenhaus zusammenbrach. „Das weiß ich schon. Und ja, ich war naiv, es schien, als hätte ich gefunden, wonach ich suchte."

„Wer hat es dir gesagt?" „Milan", antwortete er wahrheitsgemäß und erinnerte sich an die unangenehme Begegnung. „Milan?", wiederholte ein schockierter Martin. „Zuerst haben wir gestritten, dann haben wir uns umarmt und schließlich haben wir geweint. Das macht sie schon jahrelang mit ihm, während er im Ausland verdient, damit ihr nichts fehlt", verachtete er nun Milans Frau und empfand Mitleid mit Milan. „Und? Wie ist es ausgegangen?", sagte Martin fast empört.

„Er hat ihr ein Ultimatum gestellt. Entweder geht sie mit ihm ins Ausland, sie verkaufen diese Wohnung und leben dort zusammen, oder sie lassen sich scheiden", beendete Oskar den Satz traurig. „Und was hat sie gewählt?" „Rat mal."

„Na ja, wahrscheinlich nicht dich, oder?" Martin sagte genau das, was er dachte. „Martin, wir sehen uns bald in der Stadt, okay?" Oskar beendete das Gespräch. Er musste eine Weile allein sein. Er musste über alles nachdenken, was in seinem Leben geschah. „Okay, Oskar, bis bald", Martin legte den Hörer auf und Oskar rannte den Waldweg hinunter zum Fluss.

Als er klein war, kam er gern hierher. Es war der Lieblingsort seiner Mutter. Er setzte sich auf den trockenen Boden und holte eine weitere Zigarette heraus. Wo ist der Fehler passiert? Er hatte ein nahezu perfektes Leben. „Ich werde ihr nachfliegen", entschied er. Persönlich lässt sich alles immer besser erklären. Plötzlich stand er auf und warf die Zigarette ins Wasser.

DAS DREIZEHNTE KAPITEL

Der Anhänger

Als Oskar am frühen Morgen in London landete, begrüßte ihn nur dichter Nebel. Er kannte Lenas ungefähre Koordinaten. Ja, Lena hat ihn wirklich überall blockiert, wie Martin vermutet hat, aber eines hat sie vergessen.

Sie und Oskar teilten ihre Smartphone-Standorte miteinander. So konnte Oskar ihren Standort in Echtzeit sehen. Er sah, dass sie mehr oder weniger regungslos war und vermutete, dass sie sich wahrscheinlich um ihre kranke Tante kümmerte.

Eine Lüge, an die er immer noch glaubte. Er nahm auch den Laptop mit. Er ging davon aus, dass er auch dort bleiben und arbeiten würde. Er buchte über die Buchungsanwendung eine kleine Wohnung, möglichst nahe an Lenas Standort. Er hatte keinen Plan, er konnte sie nur suchen und um Vergebung bitten. Er kaufte auch einen Ring. Schließlich befolgte er den Rat von Martin und seinem Vater.

Er hielt in einem Restaurant am Flughafen an, frühstückte nicht zu Hause und wusste, dass die Stadt weit vom Flughafen entfernt war und er, bis er ankam, bestimmt hungrig sein würde. Er bestellte ein englisches Frühstück und begann, sich um verpasste Anrufe vom Flug zu kümmern.

Der erste war Vater. Er hatte ihm versprochen, diese Woche vorbeizukommen, aber seine Pläne hatten sich geändert. Er war wirklich froh, dass er es so schnell geschafft hatte, ein Ticket zu bekommen. Obwohl überteuert, hat er es bekommen. Lena war es ihm wert. Erst jetzt, als er sie langsam verlor, wurde ihm immer klarer, wie sehr er sie liebte. Was für ein großer Idiot er war. Seine große, geräumige Wohnung war ohne Lena plötzlich seltsam und leer. Er vermisste sie so sehr.

„Hallo, Vater, kannst du mich hören?", sagte Oskar mit scheinbar fröhlicher Stimme. Er wollte nicht, dass sein Vater sich Sorgen um ihn machte. „Oskar, ja, ich verstehe dich. Ich habe dich angerufen und wollte fragen, ob du zum Mittagessen kommen würdest, aber dein Telefon war ausgeschaltet", sagte der Vater sehr laut. Er hatte das Gefühl, er müsste ins Telefon schreien, um gehört zu werden. „Ja, Papa, ich war im Flugzeug", verkündete er, doch dann wurde ihm klar, dass Papa noch mehr Fragen stellen würde und er im Moment irgendwie keine Lust hatte, darauf zu antworten. „Im Flugzeug?", antwortete der Vater überrascht.

„Ja, und ich komme leider nicht zum Mittagessen", entschuldigte er sich. „Na ja, egal, du kommst ein anderes Mal. Und wo bist du?", antwortete der Vater ruhig. „Ich bin in London, ich werde Lena sehen", sagte er trauriger, als er beabsichtigt hatte. „Oh, ich verstehe. Hat sie dich verlassen?" Vater sagte langsam laut, was er schon lange gedacht hatte. Oskar war von diesem Satz nicht überrascht. Vater hatte immer eine Art sechsten Sinn, um zu erraten, was in seinem Kopf vorging. Er war klug und intelligent.

„Ja, Vater, sie hat mich verlassen", gab Oskar traurig zu. „Wenn sie nicht zurückkommen will, dann rede es ihr nicht aus. Manchmal muss sich eine Tür schließen, damit sich eine andere öffnen kann", kamen die Worte des alten Mannes, der viel erlebt hatte, direkt aus dem Herzen. Oskar war von der Antwort seines Vaters überrascht. Er war immer an Lenas Seite und trieb die Familiengründung manchmal regelrecht voran.

„Ja, Vater, ich weiß, aber ich möchte es zumindest versuchen", seine Stimme war voller Unsicherheit und vielleicht sogar Angst. Wie wird alles ausgehen? „Ja, ich stimme zu. Versuch es. Tue alles, damit sie sieht, dass du sie liebst. Aber wenn die Antwort Nein ist, demütige dich nicht. Du hast ein schönes Leben ohne sie. Du bist gesund, intelligent, du hast einen guten Job, du bist erfolgreich. Du darfst niemals deinen Wert vergessen, denk daran." Er sagte die Worte mit einer nachdenklichen Stimme, die Oskar beeindruckte und ihn gleichzeitig beruhigte.

„Danke, Vater. Ich schätze deine Hilfe. Aber ich bin ein erwachsener Mann, vor manchen Dingen wirst du mich nicht beschützen", versuchte er, seinen Vater zu beruhigen. „Ich weiß ganz genau, dass man einige Dinge selbst erleben muss, hab keine Angst. Ich möchte nur, dass du weißt, dass du dir nicht mehr als nötig Sorgen machen müssen. Das weiß ich aus eigener Erfahrung", riet sein Vater und versuchte, den Eindruck zu erwecken, dass das, was passiert ist, nicht das Ende der Welt bedeutete. Dass man einfach tief durchatmen und einfach weitermachen muss. „Danke, Vater", sagte Oskar, allerdings etwas ruhiger. „Dann lass das Unentschieden los", beendete der Vater das Gespräch, doch Oskar fuhr fort. „Vater?", fragte er ihn plötzlich besorgt. „Ja?" „Was wolltest du mir sagen?", fragte er eindringlich. „Aber nichts, mein Sohn, nichts", beruhigte er ihn und tatsächlich klang seine Stimme völlig ruhig.

„Bitte sag es mir", drängte Oskar. „Es ist nur Dummheit, mach dir überhaupt keine Sorgen", versuchte der Vater zu argumentieren. „Bist du krank?", fragte er unverblümt, obwohl er die Antwort eigentlich nicht hören wollte. „Es wäre ein Wunder, wenn ich in meinem Alter vollkommen gesund wäre, meinst du nicht?", scherzte Papa. „Also bist du?" „Oh, das meinst du ernst. Hieltest du das für eine Dummheit? Nein, ich habe keine ernsthafte Krankheit, oder zumindest weiß ich nichts davon", lachte der Vater herzlich. „Okay, aber du lügst mich nicht an?"

Auch Oskar lächelte. „Es ist wirklich nichts, Oskar, und du solltest besser damit aufhören, denn dann fange ich an, mich selbst zu beobachten, und ich werde etwas finden", lachte der Vater. „Okay, okay, Papa. Also pass auf dich auf. Ich mag dich." „Pass auch auf dich auf, Oskar", verabschiedete sich der Vater und legte sich hin. *Was für ein angenehmer Anruf,* dachte Oskar.

Trotz des Generationenunterschieds verstand es sein Vater immer, ihm gute und liebevolle Ratschläge zu geben. Er hat ihm weder seine Ansichten aufgedrängt, noch wollte er ihn nach seinem Bild verändern, und das wusste er sehr zu schätzen. Und vielleicht hat er sich deshalb so sehr der Meinung seines Vaters angeschlossen. Selbst jetzt brachte ihn sein Vater zum Nachdenken. Papa hatte recht. Was wird er eigentlich tun, wenn Lena Nein sagt? Wird er sie anflehen? Oder wird er einpacken und zurückfliegen? Er wusste es im Moment nicht.

Die Koordinaten führten ihn zum Park und ließen ihn dort zurück. Er beschloss jedoch, erst einmal einzuchecken und sie dann zu sehen. Die Wohnung lag versteckt in einer kleinen schmalen Straße und auf dem Weg dorthin bemerkte er die Krone eines wunderschönen riesigen Baumes und eine geschmackvolle Terrasse. *Gut, ein Café, ich kann darin warten,* dachte er und nach dem Anruf seines Vaters war er irgendwie nicht mehr nervös.

Er tippte den Code an der Haustür ein, den ihm der Besitzer per E-Mail geschickt hatte, und öffnete die Tür der wunderschönen Wohnung mit direktem Blick auf den Park. Er erkannte den Park sofort anhand der Fotos, die Lena ihm vor Kurzem geschickt hatte.

Da er mit einem Flug am frühen Morgen ankam, war er noch nicht einmal müde, und sobald er seine Sachen ausgepackt hatte, machte er sich auf den Weg in die Stadt. Lenas Position änderte sich überhaupt nicht. Er verschmolz fast mit seinem blauen Ball auf der Karte. Aber was sollte er draußen tun? Er frühstückte am Flughafen und es war noch früh für das Mittagessen. Er erinnerte sich an die Terrasse. Ja, er wird Kaffee trinken und dann in den Park gehen. Es war genau elf Uhr, als er im Café ankam. Der Himmel klarte wunderschön auf und der Nebel verschwand irgendwo. Ihm gefiel das Café, er war buchstäblich hin und weg. So ein gemütliches Lokal hatte er schon lange nicht mehr gesehen. Aber es war draußen und drinnen völlig voll.

Am letzten Tisch auf der Terrasse saß eine ältere, elegante Frau mit einem Seidenschal um den Hals. Er wollte sich gerade umdrehen und gehen, als sein Blick auf diese Frau fiel. Sie sah aus, als wäre sie alleine gekommen. „Entschuldigen Sie, Madame, aber haben Sie noch einen Platz frei?", fragte er zunächst in unsicherem Englisch. „Natürlich gibt es jede Menge Platz. Bitte setzen Sie sich", antwortete die ältere Dame herzlich.

„Vielen Dank. Ich hätte nicht erwartet, dass es hier so voll sein würde." „Es ist fast jeden Tag voll. Das liegt an dieser wunderbaren Baumkrone und vor allem an dem freundlichen Personal", sagte die ältere Frau und blickte zum Tresen, als suche sie jemanden. „Sind Sie zum ersten Mal hier?" Sie setzte das Gespräch fort. Sie mochte den jungen Mann. Diese dunklen Augen und schwarzen Locken. Er erinnerte sie an ihren Sohn. „Bin ich, ja. Wissen Sie, ich bin nicht auf einer Reise hier ..." Oskar kam nicht zu Ende.

„Ich verstehe, Sie sind geschäftlich hier. Heutzutage können fast alle jungen Leute in einem Café arbeiten. Das war in meiner Jugend unmöglich", lachte sie. „Nein, nein. Ich habe es falsch gesagt. Ich bin nicht wegen der Arbeit hier. Ich suche mein Mädchen", sagte er. „Hat es sich verlaufen?", fragte die Frau erschrocken. „Eigentlich hat sie nichts verloren, ähm, ich habe sie eher verloren", sagte Oskar etwas verwirrt. „Ich verstehe", die Frau sah ihn an. „Manchmal tun wir Dinge, die wir hinterher bereuen, wir wissen sogar, dass wir es dadurch bereuen werden, aber wir tun sie trotzdem", sagte sie und hatte das Gefühl, dass sie hauptsächlich mit sich selbst redete. „Sie haben recht, wissen Sie, ich bin ein kompletter Ochse." Da lachte die alte Frau und sagte: „Aber junger Mann, ich schätze, es wird nicht so schlimm sein."

„Ich bin Oskar, es ist mir ein Vergnügen", er reichte ihr die Hand, „und glauben Sie mir, es ist noch viel schlimmer." „Ich bin Magdalena, ich bin glücklich. Nun, da wir uns kennen, erzählen Sie mir bitte, was mit Ihnen passiert ist. Ich habe heute viel Zeit." Und Oskar redete und redete.

Die Zeit verging und sie wusste immer noch nicht alles. Sie schlug ihm vor, in den Park zu gehen, ein leichtes Mittagessen zu sich zu nehmen und dort zu sitzen. Es war ein wunderschöner Tag und der junge Mann gefiel ihr immer mehr. Er war aufrichtig, intelligent, charmant ... Und plötzlich spürte sie eine Seelenverwandtschaft mit ihm. So hatte sie sich schon lange nicht mehr gefühlt. Sie hatte eine glückliche Familie, die Verständnis hatte und auf die sie sich stützen konnte, aber hier in einem fremden Land schien ihr dieser unbekannte gebrochene junge Mann so unglaublich nahe zu sein, dass sie sich nach dem Moment sehnte, in dem auch sie sich ihrem Schmerz anvertrauen konnte. Es war so lange her, dass sie mit irgendjemandem über sie gesprochen hatte.

Viele Jahrzehnte lang im Herzen eingeschlossen, erfüllt von den großen Freuden des Lebens, aber immer noch lebendig und eine so schmerzhafte Erinnerung. „Sagen Sie mir, Oskar, lieben Sie sie so sehr?", fragte sie, obwohl sie die Antwort kannte. „Ja, Magdalena, ich liebe sie. Sie ist alles für mich. Sie ist meine weiße Orchidee."

Magdalena erstarrte bei seinen Worten. „Eine weiße Orchidee?", fragte sie und legte ihre Hände auf das Gras. „Ist etwas nicht in Ordnung, Magdalena?", fragte Oskar besorgt. „Nein, nein, keine Sorge. Nur die grelle Sonne kitzelte mein Gesicht. Bitte reden Sie weiter", beruhigte sie ihn, aber gleichzeitig hatte sie Angst im Herzen und konnte sich nicht beruhigen. „Ich träumte einen Traum. Sieben Jahre. Jeden Tag", öffnete sich Oskar einer unbekannten Frau.

„Wovon?" „Eine weiße Orchidee zu finden, wird mich glücklich machen." „Aber warum eine weiße Orchidee?" Magdalena verstand immer noch nicht.

„Eigentlich ist es ein Denkmal für meine Mutter. Sie hat mir diesen Anhänger hinterlassen", er zog den Anhänger unter seinem T-Shirt hervor und Magdalena schauderte. Oskar bemerkte dies jedoch nicht und fuhr fort: „Ich glaube, dass ich als Kind den Tod meiner Mutter nicht ganz verarbeitet habe. Es war ein schwerer Schlag für mich und meinen Vater. Aber jetzt, wenn ich darüber nachdenke, wird der Traum nur das Ergebnis unausgeglichener Gefühle sein ...", überlegte er und sah Magdalena an. „Aber um Gottes willen, Magdalena, Sie zittern am ganzen Körper. Was fehlt Ihnen? Soll ich einen Arzt rufen?"

„Nein, mir geht es wirklich gut. Sie haben gerade eine Erinnerung zum Vorschein gebracht, die ich fast vergraben hätte." „Ist auch jemand von Ihnen gestorben?" „So etwas in der Art", sagte Magdalena und nahm mit der Hand den Schal von ihrem Hals und holte den gleichen weißen Orchideenanhänger unter ihrer Bluse hervor.

„Hey, das ist ein Zufall", lachte ein angenehm überraschter Oskar und sah Magdalena an. „Zufall?", sagte Magdalena, obwohl sie es nicht sagen wollte. „Kein Zufall, sondern ein handgefertigter Anhänger für unsere Familie." Doch dann wurde ihr klar, dass der Anhänger tatsächlich hätte verkauft werden können oder auf andere Weise den Weg zu Oskars Mutter gefunden haben.

„Magdalena, verzeihen Sie meine Kühnheit, aber können Sie mir mehr über Ihren Anhänger erzählen?"

„Oh, lieber Oskar, Sie wissen gar nicht, wie sehr es mir gefällt. Dieses Geheimnis belastet mich so sehr, dass ich manchmal das Gefühl habe, dass es mich zu Boden zieht und mich daran hindert, das Leben zu genießen", seufzte Magdalena.

„Das Geheimnis?", fragte Oskar interessiert. „Ja, ein Geheimnis, oder vielmehr ein Fluch. Manchmal bereue ich, dass ich damals nicht gestorben bin." „Kommen Sie schon, Magdalena, lästern Sie nicht", versuchte Oskar sie zu beruhigen.

„Es tut mir leid, Sie haben recht, man darf nicht um jeden Preis lästern. Es gibt immer einen Grund, warum Dinge so geschehen, wie sie geschehen." „Genau das sagt mein Vater", lächelte Oskar.

„Ihr Vater lebt also?" „Oh ja, Sie genießen einen guten Geist, aber wenden Sie sich nicht ab, Magdalena, ich möchte das Geheimnis des weißen Orchideenanhängers hören. Es ist wie aus einem Roman von Alfred Hickok."

„Nun, das ist so eine Geschichte." „Oh, ich hoffe nur, dass es keinen Mord gab", scherzte Oskar. „Fast, lieber Oskar, fast, aber bald." Und die weiße Orchidee begann zu sprechen.

DAS VIERZEHNTE KAPITEL

Schatten der Vergangenheit

„Ich stammte aus einer reichen Familie, aber als ich klein war, haben wir im Krieg fast alles verloren und mein Vater starb Jahre später an seinen Verletzungen. Die Mutter wurde wieder verheiratet, aber in die Familie eines despotischen Mannes, der sie und uns schlug. Wir hungerten jeden Tag und später, als ich heranwuchs, starb meine Mutter und ich wurde in sehr jungen Jahren fast allein auf der Farm zurückgelassen.

Mein Stiefvater übergab mich gewaltsam an seinen Bruder, der noch schlimmer war als er. Aber ich biss die Zähne zusammen und sagte mir, dass ich lernen würde, ihn zu mögen. Ich habe mich vorbildlich um den Haushalt und ihn gekümmert. Er kam betrunken nach Hause und schlug mich. Als er dann am nächsten Tag nüchtern wurde, hatte er strahlende Momente und streichelte mein Haar.

Bis ich geglaubt habe, dass es gut werden würde", unterbrach Magdalena für einen Moment ihr Gespräch. „Aber das war es nicht, oder?" Oskar betrat die Geschichte und wollte unbewusst etwas daran ändern, aber nicht einmal ein freundliches Wort kann die Vergangenheit ändern. „Ihre Geschichte jagt mir Gänsehaut ein." „Glauben Sie mir, mir auch, auch nach all den Jahren", sagte Magdalena. „Bitte fahren Sie fort", Oskar streichelte ihre Schulter. „Ich wurde schwanger und erfuhr damals, dass er seine erste Frau so geschlagen hatte, dass sie ihren Verletzungen erlag." „Was war mit der Polizei?", fragte Oskar. „Oh, Oskar, wir haben nicht in der Zeit der Polizei gelebt. Weit entfernt, in den Einsiedeleien und verlassenen Bauernhöfen, galten ihre eigenen Gesetze. Hart.

Dort sind Dinge passiert, die man sich heute noch nicht einmal vorstellen kann." „Ich verstehe, was geschah dann?" „Als er herausfand, dass ich schwanger war, freute er sich erst, dann trank er und schlug mich erneut."

„Schwanger?" „Ja, er schrie, dass ich langsam sei, dass ein weiterer hungriger Hals nur eine Last wäre. Das Kind kam jedoch gesund zur Welt." „Das ist unglaublich." „Ja, kleiner Eduard. Ein wunderschöner, starker Junge, den ich zu Hause zur Welt brachte, allein, schwach, nur die alte und kranke Schwester des Mannes half mir.

Ohne sie hätten weder ich noch Eduard überlebt. Sie machte sich Sorgen um uns und erzählte mir später, dass man in einer entfernten Stadt Kinder im Krankenhaus lassen könne und dass sie sich um sie kümmern würden. Aber davon wollte ich gar nichts hören", vergoss sie eine Träne und Oskar streichelte erneut ihre Schulter.

„Es tut mir so leid, Magdalena, haben Sie es am Ende getan?", fragte Oskar, der von Magdalenas Schicksal zutiefst berührt war. „Ich wollte nicht, dass mein Kind ohne mich aufwächst, ich war nie weiter von der Farm und hatte Angst, wegzugehen. Und die Zeit verging. Kämpfe, Tritte, Alkohol und Geschrei wechselten sich mit Momenten der Ruhe ab", sagte Magdalena mit zitternder Stimme. „Wie haben Sie das ausgehalten?" Oskar schüttelte den Kopf.

„Damals dachte ich, ich hätte keine andere Wahl, jetzt weiß ich, dass es immer eine Möglichkeit gibt, nicht wahr?" Sie lächelte. „Immer, wir sehen sie einfach nicht", stimmte Oskar zu. „Ich hatte niemanden, nichts, nirgendwo hätte ich hingehen können. Zu diesem Zeitpunkt gab es weder Krisenzentren noch Sozialhilfe, oder zumindest wusste ich nichts davon."

„Bitte machen Sie sich keine Vorwürfe, ich verstehe. Es war wirklich eine schwierige Situation. Das passiert auch heute noch", beruhigte Oskar sie mit freundlicher Stimme. „Wissen Sie, nach Jahren stellt sich immer ein gewisses Bedauern ein", gab Magdalena zu. Aber es stimmte nicht.

Es war nicht Jahre später. In regelmäßigen Abständen machte sie sich Vorwürfe, dass sie nicht mehr getan hatte. „Aber die Vergangenheit wird daran nichts mehr ändern ..." „Ja, ich weiß."

„Was geschah als Nächstes?", drängte Oskar. „Ich wurde innerhalb eines Jahres wieder schwanger.

Der kleine Eduard brauchte noch meine Hilfe und ich verheimlichte die Schwangerschaft in den ersten Wochen. Aber der Mann kam betrunken zurück und schlug mich heftig. Bis ich eine Fehlgeburt hatte. Er hat damals auch den kleinen Eduard geschlagen", dann schwieg sie. „Magdalena, ich weiß nicht, was ich sagen soll. Eine so kraftvolle Geschichte habe ich schon lange nicht mehr gehört und ich habe noch nie jemanden getroffen, der das alles überstanden hat." „Wieder sind zwei Jahre vergangen", fuhr Magdalena schnell fort und wollte all den Schmerz und das Leid so schnell wie möglich loswerden, „Nur Kämpfe und Geschrei.

Der kleine Eduard war drei Jahre alt. Und die alte Schwester des Mannes drängte mich erneut, wegzulaufen. Sie sagte, sie wollte nicht zusehen, wie er mich tötete. Und nach dem letzten Kampf gab sie mir ihre sauberen Kleider, behandelte meine Wunden und nahm mich nachts mit, als er schlief. Ich hatte eine Kopfverletzung, aber ich war mir der Schmerzen überhaupt nicht bewusst. Ich weiß nicht, wie sie das gemacht hat, aber sie hat mich den ganzen Weg in die Stadt transportiert. Aufgeladen, mit einem kleinen Sohn im Arm. Sie ließ mich jedoch dort zurück und ich wanderte nachts umher und suchte nach einem Krankenhaus. Endlich habe ich es gefunden, ich habe den kleinen Eduard mit diesem Anhänger und seinem Namen auf Papier abgegeben."

„Oh, ich verstehe jetzt, was du gefühlt hast, als du es an meinem Hals gesehen hast. Es tut mir aufrichtig leid, dass ich nicht dein Eduard bin. Was geschah dann?", sagte Oskar mitfühlend.

„Ich weiß es nicht genau, weil ich nach dem Kampf mein Gedächtnis verloren habe und wahrscheinlich ein paar Tage durch die Stadt gewandert bin, bis sie mich bewusstlos fanden und ich wieder ins Krankenhaus kam. Ich war in einem sehr schlechten Zustand. Eine Krankenschwester kümmerte sich um mich. Ihr Name war Lydia. Sie hat sich Tag und Nacht um mich gekümmert.

Und ich konnte mich an nichts erinnern. Sie brachte mich zu ihrer Wohnung direkt im Krankenhaus und besorgte mir einen Job. Sie war alles für mich. Sie stellte mich ihrem Bruder vor und er verliebte sich in mich. Seitdem hat sich mein Leben verändert und ich habe echtes Glück gefunden", atmete Magdalena aus und durchlebte durch das Reden den ganzen Schmerz noch einmal, obwohl sie nun endlich in Sicherheit war.

„Aber was ist mit Eduard?", beharrte Oskar. „Ich konnte mich lange nicht daran erinnern, dass er überhaupt existierte. Ich konnte mich an nichts erinnern. Es war ein posttraumatischer Schock. Mein Gehirn konnte sich an nichts erinnern", sagte sie langsam.

„Und doch erzählst du mir das jetzt", unterbrach Oskar sie. „Ja, erst Jahre später, als mein Mann und ich einen kleinen Autounfall hatten, fiel mir alles plötzlich wieder ein. Alles Entsetzen, aber auch die Erkenntnis, dass ich keine Ahnung habe, was mit meinem Sohn passiert ist. Lange Zeit wusste ich nicht, ob es mir nur so vorkam oder ob es nur ein Schock war, aber innerlich spürte ich, dass es wirklich passiert war.

Ich vertraute Lydia alles an und versuchte herauszufinden, was ich konnte. Es gab jedoch keine Aufzeichnungen. Sie wurden wahrscheinlich im Laufe der Jahre zerstört. Von meinem Eduard ist keine Erinnerung mehr übrig. Und so, mein lieber Oskar, ich weiß nicht einmal, ob er überhaupt noch lebt ..."

Oskar umarmte Magdalena. „Entschuldigung, ich weine darüber, dass mich ein Mädchen verlassen hat und es meine eigene Schuld war. Und ich habe noch nicht einmal im Entferntesten erlebt, was Sie erlebt haben. Es tut mir wirklich leid, was Ihnen passiert ist", sagte er mit emotionaler Stimme.

„Na ja, danke. Es ist wirklich ein toller Zufall, dass ich Sie mit demselben Anhänger getroffen habe, den Eduard hatte. Ich glaube sogar, dass Sie ihm sehr ähnlich wären. Oder besser gesagt, es ist mein unerfüllter Wunsch. Gerade jetzt, am siebten Mai, wäre sein Geburtstag."

„Ich habe mich gefreut, Ihnen zuzuhören, Magdalena. Es ist wirklich ein großer Zufall. Ich würde es gerne erklären, aber wie gesagt, Mutter ist tot und Vater, er wird bestimmt nichts von dem Anhänger wissen. Er ist, wie gesagt, von solchen Dingen völlig ahnungslos. Aber wir können ihn anrufen, wenn Sie wollen."

„Aber bitte, nein, auf keinen Fall. Es tut mir jetzt schon leid, dass ich Sie in meine Vergangenheit und meine schmerzhaften Erinnerungen hineingezogen habe. Aber ich hatte so ein starkes Bedürfnis, es jemandem zu sagen, damit ich erleichtert bin", antwortete Magdalena.

„Es war schön, Ihnen zuzuhören. Sie sind eine besondere Frau." „Vielen Dank", fuhr Magdalena fort. „Wenn Sie möchten, stelle ich den Kontakt her", schlug Oskar vor.

„Nein, Oskar, so wird es besser sein. Mein Geheimnis wird durch die Zeit und auch durch das zufällige Unbekannte geschützt, sodass es für immer bestehen bleibt. Ich habe es so viele Jahre lang ertragen, nicht darüber zu reden, niemanden damit zu belasten. Wissen Sie, manchmal ist es besser, den Schmerz zu verdrängen, als weiter darüber zu reden. Die Leute schauen dich dann sinnlos mit Mitleid an."

„Ähm, Sie haben völlig recht und wissen Sie was?" „Ich kenne Oskar nicht, sagen Sie es mir." „Ich werde nach Hause gehen. Ich lasse die weiße Orchidee ihr Leben leben." „Sicher?" „Ja, zumindest im Moment. Es ist ihre Entscheidung und Sie wissen, dass sie einen Grund hatte, zu gehen. Und ich habe absolut kein Recht, sie zu verurteilen."

„Sie sprechen wie ein reifer Mann", lobte ihn Magdalena. „Vielen Dank für das Gespräch, weiße Orchidee." „Ich danke Ihnen auch, Oskar. Ich wünsche Ihnen, dass Sie aus Ihren Fehlern lernen. Ich wünsche Ihnen, dass Sie eines Tages Ihre weiße Orchidee hier finden. Und wenn nicht, ist es manchmal das Wichtigste, inneren Frieden zu finden", schloss Magdalena.

„Und ich wünsche Ihnen, Magdalena, dass der Schatten der Vergangenheit Sie nicht länger verfolgt und dass Sie das schöne Leben genießen, das Sie jetzt leben."

Sie standen vom Gras im Park auf. Sie umarmten sich und standen lange da. Sie küssten sich gegenseitig auf die Wange, hielten einen Moment lang die Hände und gingen dann getrennte Wege. Oskar in die Wohnung, er merkte unterwegs gar nicht, dass im Café die zweite Schicht begann und mit ihr seine geliebte Lena. Dass sie ihn auf der Straße bemerkte, aber dachte, er sei eine Illusion ihres Herzens.

Er stornierte die Unterkunftsreservierung und bestieg den nächsten Flug, der zufällig am späten Abend am selben Tag stattfand. Er flog irgendwie zufrieden und glücklich nach Hause, dass er eigentlich alles hatte, dass ihm kein Unfall passiert war, nur seine eigene Unhöflichkeit gab ihm einen Tritt, der zwar jetzt weh tat, aber er wird es bestimmt überleben.

DAS FÜNFZEHNTE KAPITEL

Jana

Auf dem Heimweg hielt er in einer Drogerie an und kaufte ein paar große schwarze Mülltüten mit einem Bändchen oben. Er freute sich darauf, nach Hause zu kommen, sich eine Weile auszuruhen und dann eine Pizza zu bestellen. Bei Trüffel schwirrten die Gedanken in seinem Kopf. Stopp! Nein, das hat ihm Lena beigebracht. Aber einige Gewohnheiten wird er nicht ändern. Die Trüffelpizza hat ihm immer sehr gut geschmeckt. Als er die Wohnungstür aufschloss, roch er einen vertrauten Geruch. Er hat laute Musik gespielt und sich auf die Couch gelegt.

Er bestellte über die App eine Pizza und schloss die Augen. Er war müde vom Abendflug, aber er war wirklich glücklich. Und das, obwohl die Reise nach London ganz anders verlief, als er es sich vorgestellt hatte. „Hallo, Papa?", rief er seinem Vater zu. Unterbewusst machte er sich immer noch Sorgen, dass mit seinem Vater etwas nicht stimmte. „Ich komme morgen zum Mittagessen, bist du zu Hause?" „Du bist also wieder da, Oskar?", begrüßte ihn sein Vater freundlich. „Ja, Papa, ich bin zurück."

„Ich freue mich darauf, dich zu sehen, du wirst mir alles erzählen, du scheinst glücklich zu sein", sagte sein Vater mit der Stimme, mit der er zu ihm sprach, als er noch ganz klein war. „Ja, Vater, das bin ich. Allerdings anders als erwartet. Aber mir wurde vieles klar." „Das ist gut, und die Methode spielt keine Rolle, das Ergebnis zählt." „Genau. Dann sehen wir uns morgen." „Okay, also was wirst du heute tun?" „Ich werde aufräumen", sagte Oskar bestimmt.

„Aufräumen?" „Ja, ich muss ein paar Sachen aufräumen", lachte Oskar und sein Lachen breitete sich auch auf seinen Vater aus. „Anschließend gut aufräumen und die dunklen Ecken nicht vergessen." „Tschüs, Vater, tschüss."

Er legte auf und spürte, dass er wirklich gut gelaunt war. Die Pizza würde in zwanzig Minuten kommen und er konnte erst einmal anfangen. Das Erste war das Badezimmer. Nach und nach warf er Shampoos, Cremes, Seren und sämtliche Kosmetika von Lena in eine große schwarze Tüte. Er wusste, dass sie nicht zurückkommen würde. Und er musste sich von ihr befreien, nicht nur in seinem Kopf. Als er im Badezimmer fertig war, ging er in den Flur. Lena hatte vielleicht hundert Paar Schuhe. Er zählte allein dreizehn Paar schwarze Pumps. Er sah keinen Unterschied zwischen ihnen, sie kamen ihm gleich vor. Als Nächstes kam der Schrank im Flur. Jacken, Mäntel, Jacken, Jeansjacken, Schals, Tücher, Wintermützen. Es nahm kein Ende, sie war überall. Als würde er nicht mit einer Lena zusammenleben, sondern mit drei. „Warum braucht jemand so viele Klamotten?"

Er schüttelte den Kopf. Er wurde durch ein klingelndes Telefon in seinen Gedanken unterbrochen. Unbekannte Nummer. „Bitte?" „Hallo, ich bringe Ihnen Pizza", sagte eine junge Stimme am Telefon. „Das ist schön, ich öffne für Sie. Sechster Stock", sagte er und drehte den Knauf, um die Vordertür zu öffnen. Sehr gutes Timing, er bekam gerade Hunger. Vor der Tür stand ein kleiner, kaum zwanzigjähriger Junge mit langen Dreadlocks im Haar. „Gern geschehen", er reichte ihm die Pizza und die Quittung.

Oskar holte seine Brieftasche, als ihm etwas einfiel. Er ging zurück zur Tür und fragte: „Nichts für ungut, aber haben Sie es eilig? Möchten Sie hier nicht eine Pizza mit mir essen?" „Ich ziehe gerade meine Ex-Freundin aus", er zeigte auf die schwarzen Tüten, „und ich werde sowieso nicht alles alleine essen", er blickte den verstörten jungen Mann flehentlich an. Es kam selten vor, dass ihn jemand wegen einer Pizza anrief, sondern meistens beschwerten sie sich darüber, dass er zu spät kam.

„Ehrlich gesagt bin ich ganz froh, Sie sind heute meine letzte Lieferung, also warum nicht", betrat der unbekümmerte junge Mann Oskars Wohnung.

„Also haben Sie die alte Schachtel weggeworfen?", sagte er und nickte auf die Tüten. „Nun, sie ist allein gegangen. Sie hat einfach vergessen zu packen. Ich bin Oskar", reichte er ihm die Hand.

„Richard, hallo. Und was wirst du mit diesen Dingern machen?" „Ich weiß es selbst nicht einmal. Ich dachte, ich stelle sie in den Keller oder stelle sie zu ihren Eltern, aber sie wohnen ziemlich weit weg. Fällt dir etwas ein? Komm, setz dich, wir werden sehen, was du Gutes mitgebracht hast", öffnete er die Pizzaschachtel und reichte sie Richard.

„Eigentlich ja", er nahm eines der Dreiecke und biss genüsslich hinein. „Sie ist großartig, nicht wahr?", lobte er. Oskar lächelte und biss ebenfalls hinein. „Ja, es ist großartig, Lena hat mir von deiner Pizza erzählt", gab Oskar zu.

„Du siehst also zumindest etwas Positives", sagte Richard und sie lachten fast gleichzeitig. „Was meintest du damit?" Oskar kam auf das Thema zurück. „Ich verlasse heute Abend die Schule für eine Wohltätigkeitsveranstaltung und weiß genau, was ich mit diesen Dingen machen soll", antwortete er mit vollem Mund. „Ich fange an, dich zu mögen", lächelte Oskar.

„Weißt du, die Dinge gehen immer an bestimmte Menschen, meist sozial schwächere Familien, mit einem geringen Einkommen oder sehr geringem Einkommen, oder arbeitslos, oder langzeitkrank ..."

„Lena hatte viele schöne Dinge, ich glaube, sie werden sich irgendwann als nützlich erweisen." „Sicherlich, ja." „Wirst du mir helfen, es zusammenzupacken?"

„Gerne." „Der Himmel hat dich hierher geschickt", lachte Oskar. „Meine Mama erzählt mir das auch oft", lächelte der Junge im dunkelblauen Vans-Sweatshirt. Sie aßen ihre Pizza auf und begannen zu packen. Sie nahmen alles mit, was sie in die Finger bekommen konnten. Oskar packte sogar Teller, Tassen und Becher ein. Alles, was sie gekauft hatte. Er wollte keine Erinnerungen an sie haben. Er nahm die Fotos aus den Rahmen und packte auch die leeren Rahmen ein. Auch die Bettdecke und ihr Kissen waren verschwunden.

Ihre Lieblingslaken. Wie viele Dinge kann eine Person ansammeln? Endlich war es Zeit für Schmuck. Er hat alles für sie gekauft, er wird es vorerst behalten. Schließlich kann Gold jederzeit verkauft werden. „Und das war's", sagte Oskar ein wenig traurig, aber auch erleichtert, und Richard streckte ihm seine Hand entgegen, um es zu besiegeln.

Es ist gelungen. In wenigen Stunden war alles vollständig verpackt. Sie brachten alles zusammen zu Richards Auto und was nicht hineinpasste, packten sie in Oskars Auto. „Ich bringe es dir am Abend", schlug Oskar vor. „Ich freue mich, wenn du bleibst. Das sind in der Regel gute Veranstaltungen." „Die Atmosphäre ist fast wie auf einem Konzert, die Weiber sind genauso, nur sind sie hier etwas gedeckter", lachte Richard. „Eigentlich, warum nicht", sagte Oskar, „ich habe sowieso keine Pläne für den Abend." Er ging zurück in die Wohnung und putzte weiter. Er staubsaugte, wusch das Badezimmer, die Toilette und den Boden. Er wischte die leeren Regale ab.

Er war zufrieden. In der Wohnung blieb keine Spur von ihr zurück. Manchmal sind radikale Lösungen die einzig richtigen. Wenn er es nicht täte, wüsste er, würde er sich noch ein paar Monate lang mit Lenas Fall herumschlagen, einfach dahinsiechen und sich selbst die Schuld für all die Dinge geben, die er hätte anders machen können und dann aber nicht getan hatte. Aber die Vergangenheit lässt sich nicht ändern. So wie er es Magdalena gesagt hat. In der Küche fiel sein Blick auf den Kühlschrank aus Edelstahl. Er war voller Magnete von Orten, an denen er und Lena gewesen waren. Magnete hielten ihre Urlaubsfotos fest. Die Magnete landeten im Müll und die Fotos im Aktenvernichter.

Der Kühlschrank blieb leer, nur ein Magnet von der Insel Sylt blieb an der Seitenwand hängen, den ihm sein Onkel einst von seinen Reisen mitgebracht hatte. Von dieser wunderschönen deutschen Insel träumte er seit seiner Kindheit. Er schaute Dokumentarfilme, las Zeitschriften. Er wusste nicht einmal, warum die Insel ihn so verzauberte.

Er und Lena hatten vor, nächstes Jahr gemeinsam dorthin zu fahren. Und jetzt, wo sie gegangen war ... Er nahm den Magneten in die Hand und legte ihn zu den anderen, um ihn wegzuwerfen. Er nahm ihn jedoch sofort wieder aus dem Korb und pinnte ihn zurück an den Kühlschrank. Schließlich war es sein Traum, nicht Lenas. Es ist also nicht notwendig, ihn zu zerstören. Die Idee gefiel ihr sowieso nicht so gut. Zumindest hatte er ein Ziel vor sich.

Sein Telefon klingelte. Es war Richard, er hatte ihn fast vergessen. „Also, Bruder, kommst du?", kam eine laute Stimme aus dem Telefon. Oskar war fasziniert vom Wortschatz der heutigen Jugend. So unbeschwert, einfach. Genauso sollte das Leben sein. „Ich bin gleich da, gib mir eine Stunde und schick mir die Adresse." „Okay, ich warte auf dich, tschüs, Bruder." „Tschüs, tschüs", lachte Oskar und ging im geschrubbten Badezimmer kurz duschen.

Ohne Lenas Sachen sah die ganze Wohnung für ihn jetzt sehr sauber aus, was genau das war, was er brauchte. Der Abend war wunderschön, mehrere Musikgruppen wechselten sich ab, es wurden Filme gezeigt, interessante Leute hielten Vorträge und am späteren Abend erwartete sie ein reichhaltiges Buffet. Oskar freute sich, Richard kennenzulernen. Es gefiel ihm sehr, unter Fremden zu sein, die ihn mit ihrer Energie in sich aufnahmen. „Das ist Jana", stellte Richard ihn an der Bar der duften Biene vor. „Ich freue mich, ich bin Oskar", stellte er sich vor.

„Jana ist dafür verantwortlich, Kleidung und andere Dinge direkt an Familien zu verteilen, die sie brauchen", erklärte Richard lautstark. Er versuchte, die Musik zu übertönen, und hatte damit Erfolg. Oskar sah Jana an und sagte: „Wenn du bei etwas Hilfe benötigst, stehe ich dir voll und ganz zur Verfügung. Ich habe ein Auto und jede Menge Zeit", endete er und lächelte die dunkelhaarige Jana an. „Hmm, du triffst mein Ziel.

Mein Auto wartet auf eine ernsthaftere Wartung und ich muss Dinge im ganzen Land ausliefern", sagte Jana begeistert. „Wir sind uns also einig", reichte Oskar ihr die Hand. „Okay, gib mir deine Nummer, ich rufe dich an." Beide waren so in ihr freundschaftliches Gespräch vertieft, dass sie gar nicht bemerkten, dass Richard sie schon vor langer Zeit verlassen hatte.

Mehrere Minuten vergingen und Jana und Oskar redeten immer noch. Oskar fand sie so unglaublich menschlich und interessant. Aber sie war nicht die einzige interessante Person, die er an diesem Abend traf. Zusammen mit Richard stellten sie ihn anderen vor, und Oskar konnte in dieser Nacht sehr lange nicht schlafen. Als es ihm schließlich gelang, tat er dies mit einem zufriedenen Lächeln im Gesicht.

DAS SECHZEHNTE KAPITEL

Pelziges Wesen

„Willkommen, Reisender", begrüßte ihn sein Vater lächelnd am
Tor. „Hallo, wie geht's? Was hast du Gutes gekocht?", sagte Os-
kar etwas schlaftrunken, aber gut gelaunt. „Aber ich sehe, dass
London dir etwas gebracht hat", bemerkte er auch Oskars gute
Laune. „Ich habe Lendenbraten und Apfelkuchen gemacht. Was
sagst du dazu?" Er zwinkerte Oskar zu.

„Ohoho, feiern wir was?", fragte Oskar und fügte sofort hinzu: „Ich weiß, ich weiß, jeden Tag gibt es etwas zu feiern", zi-
tierte er seinen Vater, worüber beide lachten. „Wie ich sehe, be-
herrscht du die Theorie bereits perfekt", bemerkte er und öffnete
die Haustür. Oskar half ihm und dann fingen sie mit Begeiste-
rung an zu essen.

„Also erzähl mal, wie war es in London?", fragte der Vater
neugierig. „Weißt du, ein bisschen anders, als ich es mir vorgestellt habe." „Wie meinst du das?" Vater verstand es nicht, „du
siehst glücklich aus." „Ja, das bin ich auch", fügte Oskar hinzu.

„So glücklich war ich schon lange nicht mehr." „Das freut
mich zu hören", lächelte Papa. „Na, was ist mit Lena?" „Lena?",
wiederholte Oskar. „Ja, Lena. Schließlich bist du wegen ihr dorthin geflogen", hielt der Vater inne. „Ich habe Lena überhaupt
nicht getroffen." „Wie das?"

„Mir wurde klar, dass mein Glück nicht von ihr abhängt. Dass
mein Glück in erster Linie von mir abhängt. Ich weiß, dass ich
einen Fehler gemacht habe, ich habe sie nicht richtig behandelt,
aber ich möchte nicht für den Rest meines Lebens darunter leiden. Ich werde versuchen, daraus zu lernen." „Sehr richtig, mein
Sohn, sehr richtig", stimmte der Vater zufrieden zu.

„Nun, Lena hat das Recht, wütend auf mich zu sein. Sie hat
das Recht, jemanden zu finden. Es ist ihr Leben. Ich möchte
sie nicht ihr ganzes Leben lang daran erinnern, dass jemand

sie enttäuscht und betrogen hat ..." „Ja, Vergebung ist schwierig. Und gleichzeitig ist es tatsächlich der einfachste Teil von allem. Dann ist es schwieriger, weiterzuleben, sich täglich der Entscheidung zu stellen, zu vergeben und wirklich nicht darauf zurückzukommen."

„Genau, Vater, und deshalb habe ich sie überhaupt nicht kontaktiert. Ich lasse sie ohne mich leben. Das hat sie beschlossen und ich bin bereit, es zu akzeptieren." „Du bist also ohne sie zurückgekommen ... unglaublich." „Ja, ich bin zurückgekehrt, ohne dass ich sie überhaupt gesehen habe. Ich selbst bin überrascht, wie zufrieden ich bin." „Was kommt als Nächstes?", fragte der Vater.

„Außerdem habe ich sie gestern mit allen ihren Schuhen, Mänteln und Cremes komplett ausquartiert ..." „Was hast du mit so vielen Dingen gemacht?", fragte der Vater überrascht. „Ich habe sie für wohltätige Zwecke gespendet", lachte Oskar, „und habe dort einige interessante Menschen kennengelernt, ich werde ihnen helfen, am Samstag alle Sachen an bedürftige Familien zu liefern."

„Na ja, für wohltätige Zwecke", lachte auch der Vater, „aber es ist eine gute Entscheidung, du wirst wirklich besser dran sein, wenn du ihre Sachen nicht siehst. Ich bin immer noch von den Sachen deiner Mutter umgeben und ich habe das Gefühl, dass sie nie weggegangen ist. Aber der Unterschied zwischen dir und mir besteht darin, dass ich so fühlen möchte, auch wenn ich weiß, dass du eine andere Meinung hast."

„Ja, das tue ich, Vater, ich würde dich gerne glücklich sehen." „Aber ich bin glücklich." „Na dann. Danke für das Mittagessen", er wechselte das Thema, „das hast du heute wirklich gut gemacht." „Ich freue mich, dass es dir geschmeckt hat, aber sag mir, wie war alles? Du bist gerade nach London geflogen und von dort sofort zurückgeflogen?", lachte der Vater, gefolgt von Oskar. „Genau so war es, aber in der Zwischenzeit habe ich mit einer Dame in deinem Alter gefrühstückt, zu Mittag gegessen und einen Cappuccino getrunken."

„Na ja, du schiebst eine saubere Nummer", lachte der Vater. „Ich wollte dich etwas fragen, auch wenn es jetzt sowieso keine Rolle spielt." „Nun, wenn du angefangen hast, frag."

„Weißt du, woher Mutter den Anhänger hat, den ich um den Hals trage?", fragte Oskar. „Nun, wirklich, mein lieber Sohn, ich weiß es nicht. Du weißt, dass ich nicht auf so süße Katzen stehe." „Hmm, genau das habe ich mir gedacht."

„Weißt du, deine Mutter hatte viele solcher Dinge, ich habe einige für sie gekauft, aber ich weiß nicht wirklich viel. Und ich wüsste nicht einmal, welche ich ihr einmal gekauft habe." „Genau, wie ich vermutet habe", lächelte Oskar.

„Warum fragst du das überhaupt?" „Ich habe eine Dame getroffen." „Die mit dem Cappuccino, ich weiß." „Genau die, und sie hatte genau den gleichen Anhänger wie ich." „Nun, siehst du, es gibt eine Welt voll davon, wer sollte davon wissen."

„Genau das denke ich auch, aber weißt du, sie hatte eine so interessante Geschichte über diesen Anhänger. Ich bekomme immer noch Gänsehaut von ihr", gab Oskar zu und erinnerte sich an Magdalena. „Was genau war los, sag es mir, ich bin auch neugierig."

„Nun, wenn ich das richtig verstehe, hat sie den Anhänger ihrem verlorenen Sohn gegeben. Sie ist mit ihrem Mann durch die Hölle gegangen und hat es kaum lebend herausgeschafft." „Oh, das ist eine sehr traurige Geschichte." „Sie hatten zusammen einen Sohn und sie steckte ihn in das Rettungsnest, um ihn vor seinem despotischen Vater zu retten." „Das ist schrecklich, also hoffe ich, dass es gut endete."

„Nicht wirklich. Es gelang ihr, zu fliehen und ein neues Leben zu beginnen, doch den kleinen dreijährigen Eduard sah sie nie wieder."

„Was hast du gesagt?", fragte Vater, als ob er es nicht verstanden hätte, und sein Mund wurde trocken. „Dass sie ihren Sohn, den damals dreijährigen Eduard, nie mehr wieder gesehen hat." „Das ist schrecklich ...", sagte der Vater und fiel in diesem Moment von seinem Stuhl zu Boden. „Vater, Vater, was ist los mit dir?" Oskar lief schnell zu ihm und legte seinen Kopf auf seine Brust.

Vaters Herz schlug nicht. Er begann mit der Wiederbelebung, aber der Vater blieb bewusstlos. Er rief einen Rettungsdienst an, der wie durch ein Wunder innerhalb weniger Minuten eintraf, und setzte in der Zwischenzeit die Wiederbelebung fort. „Herzinfarkt", stellte der Arzt fest, „gut, dass Sie hier waren. Es hätte anders ausgehen können." „Vielen Dank, dass Sie so schnell gekommen sind." „Stand Ihr Vater in letzter Zeit unter großem Stress?" „Das glaube ich nicht, wir haben gemütlich zu Mittag gegessen und uns in Ruhe unterhalten."

„Na ja, in seinem Alter muss man mit solchen Dingen rechnen. So ist das Leben", schloss der Sanitäter. In diesem Moment piepte eine Nachricht in seiner Tasche, aber er achtete jetzt nicht darauf.

***

Erst am späten Abend, als er das Krankenhaus verließ, blickte er auf sein Mobiltelefon. „Ich muss diesen Samstag absagen, ich wurde krank, das verschieben wir auf ein anderes Mal", heißt es in der Nachricht ohne Unterschrift. „Jana?", schrieb er zurück. „Ich habe vergessen zu unterschreiben, aber ich bin es", und ein Smiley. „Was ist los mit dir?" Er wusste nicht einmal, warum er sich plötzlich für diese seltsame Frau interessierte.

„Aber ich fühle mich nicht wohl. Ich bin morgens nicht aus dem Bett aufgestanden. Ich habe es nicht geschafft ..." „Kann ich dir helfen? Brauchst du nicht Medikamente, Essen?", schrieb er und erkannte sofort, dass es für die Apotheke oder Lebensmittel wahrscheinlich zu spät war.

„Im Grunde ja, ohne dieses Auto bin ich völlig aufgeschmissen. Ich brauche ein paar Vitamine und etwas zu essen", und zwei Smiley-Emoticons. Oskar lächelte. Er mochte die Direktheit von Jana, wenn sie etwas wollte, sagte sie es einfach, ohne sich hundertmal zu entschuldigen.

„Ich werde etwas besorgen. Mach dir keine Sorge. Schick mir die Adresse, ich bin gleich da." „Ok, danke", und noch einmal das Emoticon. Er kehrte nach Hause zurück und schaute sich an, was er dort hatte. Eine recht ordentliche Versorgung mit Medikamenten.

Lena hatte für alles ein Medikament zur Hand und er benutzte für alles eines. Aber jetzt war es praktisch. Er nahm die gesamte Plastikbox mit den ordentlich aufbewahrten Medikamenten und Vitaminen und schaute in den Kühlschrank. Er war morgens im Laden, also war er voll. Er nahm Schinken, Käse, Tomaten, Knoblauch und dann dachte er an Spaghetti. Außerdem packte er Tee, Zitronen und Honig in die Tüte.

Es war noch nicht einmal eine halbe Stunde vergangen, als er an Janes Tür klingelte. Sie öffnete ihm in dicken Stricksocken, weißen Trainingshosen und einem blass geblümten Crop-Top-Sweatshirt die Tür. Ihr Haar war zu einem Knoten zusammengebunden, ihr Gesicht war blass und ihr Blick war glasig. „Hast du Fieber?", fragte er, statt zu grüßen. „Ich weiß es nicht. Ich habe es nicht gemessen, ich schlafe den ganzen Tag."

Er ging zu ihr und packte sie am Hals, wo ihr Blut pulsierte. „Du brennst, ich mache dir Tee, hast du Lust?", fragte er, doch ohne eine Antwort abzuwarten, zog er seine Schuhe aus und betrat ihre winzige Wohnung, die aufgeräumt und sehr gemütlich wirkte. Die Wohnung hatte nur ein Zimmer und das Wohnzimmer war durch ein Sofa vom Schlafzimmer getrennt. Jana ging geschwächt wieder ins Bett und er ging in Richtung der Küche.

„Hast du überhaupt einen Fiebermesser?", rief er ihr aus der Küche zu. „Ich habe keine Ahnung, aber ich denke, es wird irgendwo einen geben." „Na ja, macht nichts, ich mache dir Tee und du nimmst deine Medizin", sagte Oskar eher zu sich selbst. Nachdem Jana warmen Tee mit Honig getrunken hatte, schlief sie ein und Oskar deckte sie ordentlich zu. Sie war immer noch heiß, also blieb er die ganze Nacht bei ihr.

Er gab ihr lauwarme Umschläge und zwang sie, so viel Tee wie möglich zu trinken. Am Morgen schien die Temperatur endlich gesunken zu sein und sie schlief tief und fest. Während sie aufstand, machte er ihr Frühstück und stellte es auf ein Holztablett zu frischem Kräutertee. Er streichelte ihr Haar und ging, um seinen Vater zu sehen.

„Guten Morgen, wie geht es ihm?", fragte er besorgt den diensthabenden Arzt. „Guten Morgen, herzlich willkommen. Ihr Vater ist einer der Schlimmsten da draußen. Er ist aber stabil." „Ich habe Sachen mitgebracht, kann ich ihn sehen?" „Natürlich, aber er ist nicht bei Bewusstsein, wir haben ihn in einem künstlichen Schlaf gelegt, damit der Organismus nicht so sehr belastet ist." „Ich verstehe, ich würde ihn aber doch gerne sehen."

Der Arzt sah die ältere Schwester an, die von ihrem Stuhl aufstand und ihn in das Zimmer seines Vaters begleitete. Oskar näherte sich leise dem Bett. „Vater", flüsterte er, „was hast du vor?" Er packte seine Hand an. Aber Vater ruhte nur leicht. Eine Nachricht piepste. Er griff unbewusst in seine Tasche und stellte das Telefon stumm. War er müde von den letzten Tagen oder war er müde vom Leben? Er setzte sich auf den Stuhl neben dem Bett und schlief sofort ein. Plötzlich wurde er von der Aufregung um ihn herum wach. Er sprang von seinem Stuhl auf und sah sich verständnislos um.

„Keine Sorge, Sie sind hier eingeschlafen, also haben wir Sie gelassen und schauen Sie, sogar Ihr Vater wacht langsam auf", sagte eine Schwester. „Danke", sagte Oskar glücklich und sah seinen Vater an. Er war blass und sah aus, als hätte er abgenommen. Und es war nur eine Nacht im Krankenhaus.

Als Oskar seinen Vater ansah, erkannte er die Zerbrechlichkeit des Seins. Er ergriff die Hand seines Vaters und sagte freundlich: „Willkommen." Vater lächelte müde. „Er muss sich noch viel ausruhen, lassen wir ihn in Ruhe, bitte kommen Sie am Nachmittag." Doch Oskar schien nicht gehen zu wollen. Er hatte Angst, dass Vater nach seiner Abreise nicht mehr hier sein würde.

Die Krankenschwester packte ihn sanft an der Schulter. „Kommen Sie, es ist jetzt gut, ruhen Sie sich aus. Sie sehen müde aus." „Sie haben recht, danke." „Auf Wiedersehen." „Auf Wiedersehen", er sah seinen Vater noch einmal an und ging. Er griff in seine Tasche und schaute auf sein Handy. „Hast du von mir geträumt?", las er die Nachricht von Jana. Ihr folgte eine weitere: „Wenn du in der Nähe bist, komm auf einen Kaffee vorbei. Ich fühle mich besser." Und er wollte nicht nach Hause, wo niemand und nichts auf ihn wartete.

Er rief Jana an. Sie sah wirklich besser aus. „Diesmal gehe ich in die Küche, du bist der Gast", sagte sie bestimmt. Er gehorchte und hatte nicht die Kraft, sich zu widersetzen. Müde legte er sich auf die Couch und schlief wieder ein. Er hatte einen bösen Traum. Er konnte nicht atmen, als ob etwas Schweres auf seiner Brust säße. Das Schweregefühl hörte auch dann nicht auf, als er langsam aufzuwachen begann und sich bei jedem Atemzug große Mühe geben musste. Als er die Augen öffnete, saß eine große, dicke Katze auf seiner Brust.

„Was?", fragte er verwirrt. Aber die Katze saß weiterhin regungslos da. Sie beobachtete ihn einfach mit ihren großen, tiefgrünen Augen. *Augen eines Mörders,* war sein erster Gedanke. Er setzte sich langsam hin und die Katze sprang federnd herunter. Er drehte sich zu Janas Bett um. Sie schlief süß. Er ging auf sie zu und packte sie am Hals.

Sie schwitzte immer noch. *Das ist gut,* dachte er. Er ging in die Küche und kochte die Spaghetti, die er gestern mitgebracht hatte. Er machte eine Soße aus geröstetem Knoblauch und frischen Tomaten.

Die Katze sprang auf die Küchentheke und beobachtete ihn die ganze Zeit aufmerksam, als wäre er ein Dieb. Er schaute auf sein Handy. Es war drei Uhr nachmittags, er musste sich beeilen, um seinen Vater zu sehen. Er ging leise und ein paar Minuten später piepte eine Nachricht. „Du lässt mich immer wieder im Schlaf zurück", zwei lachende Smileys, „wie ein Liebhaber, der nach Hause zu seiner Frau geht", las er lächelnd.

„Du hast etwas in der Küche", schrieb er ihr zurück, „und du hast dort ein neues pelziges Wesen." „Was?", antwortete sie verwirrt, „Sie war gestern nicht da ...", antwortete er lächelnd. „Das war sie, sie hat nur im Badezimmer geschlafen und du hast sie dort eingesperrt", ertönte fast sofort die Antwort. „Sie hat sich nicht beschwert, obwohl sie mich die ganze Zeit im Auge hatte, nachdem sie versucht hatte, mich im Schlaf zu ersticken", klagte Oskar.

„Lecker, Spaghetti? Wir hätten zusammen essen können, davon gibt es jede Menge", wechselte Jana vom Katzenthema zum Thema Essen. „Mach Schluss mit dem haarigen Mädchen, sie scheint einen guten Appetit zu haben", lachte er fast laut, und auch Jana lachte über seine Antwort und tätschelte dem haarigen Mädchen den Kopf.

„Danke, sie sind ausgezeichnet", schwärmte Jana. Sie hatte noch nie bessere Spaghetti gegessen, sie verstand nicht, wie etwas so Gewöhnliches so wunderbar schmecken konnte. Oder lag es daran, dass sie krank war? Und überkam sie das Gefühl einer unerwarteten Berührung? „Heile dich selbst", lächelte Oskar und legte das Handy beiseite.

DAS SIEBZEHNTE KAPITEL

Die Nachtstadt

„Alex, bitte", erklang die Stimme, sobald sich die Tür zu seinem geschmackvoll eingerichteten Büro im fünfundzwanzigsten Stock der London Bridge öffnete, „kannst du auf dem Heimweg bei mir vorbeischauen?" „Natürlich, Eliz, ich werde dahinschmelzen, wenn ich fertig bin." Er hatte eine gute Beziehung zu Elizabeth und auch zu ihrem Mann.

Es war tatsächlich praktisch, er brauchte Rat zu einem neuen Projekt und hatte das Gefühl, dass ihm einige Informationen vom Kunden fehlten. Die Tür schloss sich und er trank einen Schluck Wasser aus dem Glas auf dem Tisch, direkt neben dem Familienfoto. Sein Blick fiel auf sie und er dachte einen Moment nach, doch dann wandte er sich wieder dem eingeschalteten Laptop zu. Es war genau fünf Uhr, als er fertig war.

Er hatte das Gefühl, etwas müde zu sein und vor allem, dass er heute nicht zu Mittag gegessen hatte. Er hatte seine Sachen gepackt. Auf dem Weg vom Büro hätte er fast vergessen, sich im Flur zu Eliz umzudrehen. Er nannte sie abgekürzt. Als Einziger im Unternehmen. Sie war eine gebrechliche Frau, blass, mit feinem rotem Haar und einem sommersprossigen Gesicht.

Die Sommersprossen waren sehr auffällig und dezent zugleich. Kurz gesagt, Elizabeth passte überhaupt nicht zu ihr. Es war zu lang, zu schwer. Er klopfte an die Milchglastür und wartete einen Moment. Erst als er eine Stimme hörte, öffnete er sie langsam.

„Alex, sind es schon so viele Stunden?" „Nun, es ist erst fünf, aber ich gebe zu, dass ich heute etwas müde und vor allem hungrig bin." „Ah, gut, dass du es mir gesagt hast. Was sagst du zu Abendessen?" „Ich bin jederzeit bereit, eine Einladung zum Abendessen in so netter Gesellschaft anzunehmen", schmeichelte Alex aufrichtig. „Da sind wir uns einig. Bitte gib mir ein paar Minuten. Ich mache gerade Schluss." „Okay, ich warte unten in der Lobby."

Als Eliz die Treppe herunterkam, waren ihre Haare, die sie erst diese Woche bis zu den Schultern kurz geschnitten hatte, offen und ihre Lippen waren mit zartrosa Lippenstift umrandet. Obwohl sie fast fünfzig war, sah sie immer noch wunderschön aus. Eigentlich konnte Alex ihr Alter nie schätzen. Eliz brachte ihn in das Panoramarestaurant Liz und Diz.

Sie hat die Inneneinrichtung selbst entworfen und kam gerne hierher zurück. Man konnte ganz London von der Hand aus sehen und die romantischen Sonnenuntergänge, die man hier beobachten konnte, machten das Restaurant oft zu einem beliebten Ort für Verlobungen. „Also, wie geht es dir, Alex? Gefällt dir das neue Projekt?", fragte Eliz ihn interessiert.

„Ja, es ist ziemlich verrückt für mich. Aber es scheint, als hätte ich nicht alle Informationen." „Wie das? Haben sie sie nicht direkt an deine E-Mail-Adresse gesendet?" „Nein, ich habe gerade eine E-Mail von dir bekommen." „Hm, das ist seltsam. Schließlich haben wir bereits beim Treffen vereinbart, dass direkt mit dir kommuniziert wird. Kein Problem, ich werde es morgen früh überprüfen. Es tut mir leid, dass du damit Probleme hast. Ich weiß selbst, wie schwierig es ist, zu arbeiten, wenn es einem an Informationen mangelt."

„Es ist okay, Eliz, nichts ist falsch. Schließlich stehen wir erst am Anfang, wir haben noch Zeit." „Schließlich stehen wir erst am Anfang und es gelingt ihnen nicht einmal, die Frist für die Zusendung der Unterlagen einzuhalten. Wie wird dann die ganze Zusammenarbeit aussehen?", sagte sie etwas verärgert. „Komm schon, Eliz, mach dir wirklich keine Sorgen mehr." „Okay, Alex, du hast recht. Wir wollen uns das heutige Abendessen nicht durch Arbeit verderben."

„Es ist lange her, seit wir das letzte Mal zusammen unterwegs waren." „Ja, fast einen Monat." „Wie die Zeit vergeht. Ich hatte in letzter Zeit viel zu tun, aber es sollte wieder normal sein." „Du arbeitest zu viel, Eliz", sagte Alex. „Ich komme nicht mehr so zurecht wie früher", gab sie zu. „Du solltest dich mehr ausruhen." „Aber du weißt selbst, dass es nicht einfach ist. Es ist schwer, Leute zu vertreiben und Patrik ...", antwortete sie nicht.

„Hast du nicht versucht, dich mit ihm zu versöhnen?", sagte Alex, obwohl er nicht wusste, ob das eine gute Idee war. Sie sah ihn an und schwieg. „Ich habe ihn getroffen", sagte Alex plötzlich, als wäre nichts passiert. „Was? Warum hast du mir nichts gesagt?"

„Es ist erst ein paar Tage her und ich wusste nicht, ob es eine gute Idee war, es dir zu sagen." „Ich verstehe, und jetzt weißt du, ob es eine gute Idee ist?"

„Ich weiß es nicht, aber es ist bereits passiert. Ich kann es nicht mehr ändern", lächelte er. Sie lächelte auch, schwieg aber. Wollte sie nicht mehr wissen? Über den Sohn? Oder hatte sie Angst, mehr zu erfahren? Würde es ihr weh tun? Wusste er nicht. Aber die Stille war seltsam.

Den Rest des Abends diskutierten sie nur über allgemeine Themen und Alex hatte sehr gemischte Gefühle. Aber Eliz lächelte, also beruhigte er sich endlich. „Soll ich dich nach Hause bringen?", schlug sie vor, als sie das Restaurant verließen. „Nein, nein, ich gehe gern spazieren."

„Heute ist ein angenehmer Abend, er passt gut zu mir." „Ähm, es ist so lange her, seit ich durch die Stadt einen Spaziergang gemacht habe." „Möchtest du? Ich verabschiede mich. Wir schicken morgen jemanden, der das Auto abholt, oder ich hole es ab, wenn ich zur Arbeit gehe." „Warum nicht", stimmte sie plötzlich zu. „Ich bin froh."

„Ich mag die Stadt wirklich, wenn die Sonne untergeht, all die beleuchteten Fenster, Terrassen. Als ich klein war, habe ich sie vom Fenster aus beobachtet und mir die Menschen vorgestellt, die dort leben. Wie ist es bei ihnen zu Hause, wie riecht es, wo haben sie eine Küche? Und dann fing ich an, alles zu zeichnen. Mutter war krank und Vater war noch bei der Arbeit, Bleistift, Papier und erleuchtete Fenster waren zu dieser Zeit meine einzigen Freunde." „Es tut mir so leid, ich wusste nicht ..."

„Ich spreche nicht darüber, aber die Lichter Londons bei Nacht erinnern mich immer daran. Irgendwo in diesem Fenster begann meine jetzige Karriere", erinnerte sie sich.

„Du hast viel erreicht, Eliz", lobte er sie aufrichtig. „Ja, Mutter hat mein Talent bemerkt. Weißt du, ich wollte schon immer zeichnen, was sich in Häusern und Wohnungen befindet.

Den Moment des Zuhauseseins einzufangen und den Kunden zu überzeugen bzw. in ihm die Emotionen zu wecken, die wir brauchen, um den Deal erfolgreich abzuschließen. Aber jetzt weiß ich nicht, ob das alles Sinn gemacht hat, Alex", beendete sie geschockt. „Wieso?", er verstand es nicht. „Sieh dir an, wie wir leben. Mein Mann und ich sehen uns kaum", gab Eliz offen zu. „Ihr habt eine schöne und starke Beziehung."

„Ja, auf gemeinsamer Arbeit aufgebaut. Sie hat uns so sehr in ihren Bann gezogen, dass wir lieber zusammen auf der Arbeit als zu Hause waren.

Wir können nicht einmal mehr zusammen zu Hause sein", ihre Stimme war plötzlich so zerbrechlich, als wäre es nicht einmal sie. Die starke Eliz kannte er. „Aber nur so habt ihr es geschafft, euch einen Namen, ein Unternehmen aufzubauen."

„Aber wofür das alles?" Sie hielt inne und sah ihn an. „Wir sind von Freunden umgeben, für die wir keine Zeit haben, und die Beziehung zu ihnen ist nur oberflächlich. Basierend auf Erfolg. Aber irgendwo ist die Vertrautheit verloren gegangen. Vertrau mir, Alex, der einzige Mensch, dem mein Mann und ich uns anvertrauen, bei dem wir keine Angst davor haben, selbst unsere geheimsten Wünsche zu erzählen, bist du. Denn was sind das für Freunde, wenn man seine Gefühle vor ihnen verbergen muss", brachte sie die Worte hervor, die ihr schon lange auf der Seele lagen. „Eliz, ich weiß unser Vertrauen zu schätzen.

Du bist wie meine Familie, ohne dich hätte ich nichts erreicht." „Ja, wir haben dir geholfen. Aber es geht nicht nur darum. Du bist für uns längst mehr als nur ein Mitarbeiter. Du bist ehrlich, willig, loyal. Solche Leute sind schwer zu finden", fügte sie hinzu und Alex war gerührt. Er hatte in seinem Leben großes Glück, sie getroffen zu haben.

„Eliz, danke, es bedeutet mir sehr viel." „Nicht weit von hier gibt es einen singenden Brunnen, lass uns eine Weile daneben sitzen", schlug sie vor. „Tun deine Füße weh?"

„Nein, ich möchte nur eine Weile in der nächtlichen Stadt abhängen, so wie ich es früher getan habe." „Geht es dir gut?" Alex sah sie besorgt an. „Ja, absolut, bitte mach dir keine Sorgen." Als sie sich setzten, begann gerade die Lichtshow, der Brunnen spritzte Wasser, glänzte in allen Farben und ein paar Sekunden später waren die ersten Töne eines langsamen Liedes zu hören.

Die Wasserstrahlen verbanden sich, kreuzten sich, jagten einander. Man konnte lange Minuten zusehen, aber man wurde des Kunstwerks nicht müde.

„Wie geht es ihm?", fragte sie plötzlich. „Er ist glücklich", antwortete Alex, da er genau wusste, nach wem Eliz fragte. „Und was macht er?", drängte sie weiter und konnte ihre Neugier nicht länger verbergen. „Er macht Menschen glücklich, er macht, was er will", antwortete er nicht direkt, aber vielleicht war es eine gute Sache.

„Also braucht er uns überhaupt nicht. Er hat uns vergessen", schmerzte ihr Herz. „Er lebt nur sein Leben, Eliz. Und es ist meilenweit von eurer Vorstellungskraft entfernt. Und er hat euch nicht vergessen, aber eure Plätze sind mit Dutzenden von Fremden besetzt, die ihn bewundern, unterstützen und mögen", versuchte er sie zu beruhigen, aber er selbst wusste sehr gut, dass Fremde wirklich Eliz ersetzt hatten.

„Ich wusste, dass er nicht verloren gehen würde. Dass wir diejenigen sind, die aus seinem Leben verschwinden werden", gab sie traurig zu, ihre Stimme klang fast abwesend. „Eliz, es ist noch nicht zu spät", Eliz tat ihm leid, aber er wusste nicht, was er tun sollte. Er fand sich zwischen zwei Menschen wieder, die er mochte. Und er wusste nicht, ob er nicht wählen konnte.

„Ich kann ihn immer noch nicht so lieben, wie er ist." „Es wird keinen weiteren geben, verliere ihn nicht", warnte Alex sie. Nachdem er Patrik kennengelernt hatte, verstand er, dass Patriks Herz sich langsam verhärtet hatte und dass er in ein paar Tagen nie wieder derselbe sein wird.

Lichtstrahl

Es war Viertel vor fünf an einem sonnigen Sonntag, als ein frisch geschorener Alex das Café betrat. Er bestellte bei Lena zwei Cappuccinos zum Mitnehmen und bemerkte beim Bezahlen, als wäre nichts gewesen: „Heute ist genau der Sonntag, an dem Sie mir versprochen haben, dass wir mit Cappuccino in den Park gehen würden.

Also, ich warte auf den Cappuccino und auf Sie auf der Terrasse, bis Sie fertig sind." Lena sah ihn verständnislos an und brach dann spontan in Gelächter aus und auch Alex fing an zu lachen. „Entschuldigung", entschuldigte sie sich. „Haben Sie es nicht vergessen?"

„Nein, ich habe es nicht vergessen, eigentlich gehe ich sehr gerne mit", antwortete eine leicht verlegene Lena. „Okay, aber nur damit Sie es wissen, es ist kein Rendezvous, sondern nur ein freundlicher Cappuccino im Park", betonte Alex, als wollte er sie noch mehr zum Lachen bringen. „Kein Rendezvous, okay, ich verstehe", der Effekt war genau so, wie er es erwartet hatte, und Lena lachte noch heftiger.

„Dann warte ich auf der Terrasse auf Sie", sagte Alex und ging nach draußen. Draußen war es sehr heiß und auf der Terrasse war es sehr angenehm. Er trug nur ein olivgrünes T-Shirt mit kurzen Ärmeln und eine leichte, luftige Hose. Er setzte sich in einen bequemen Stuhl, beobachtete den Park mit einem Lächeln auf den Lippen und wartete auf die Ankunft von Lena. Plötzlich drehte er sich zur Theke und zwinkerte Patrik zu.

Er lächelte nur zufrieden und malte beim Cappuccino weiter ein Bild. Er zeichnete einen lockigen Jungen hinein, bedeckte ihn mit einem Plastikdeckel und schrieb den Namen Lena darauf. Im zweiten Bild zeichnete er ein Mädchen mit offenem Haar und einem Lächeln im Gesicht.

Er stellte beide Cappuccinos in einen Ständer aus Recyclingpapier und reichte sie der bereits veränderten Lena. Es hat ihr heute sehr gut gepasst. Sie trug ein schlichtes weißes T-Shirt mit zarter englischer Spitze auf der Rückseite, einen langen geblümten Rock und leuchtend rote Flip-Flops. Ihre Finger- und Fußnägel waren leuchtend rot lackiert. „Hals und Beinbruch!", sagte Patrik lächelnd zu ihr.

„Es ist kein Rendezvous, hast du gehört", entgegnete Lena. „Ich weiß, aber trotzdem", sagte er etwas völlig anderes als das, was er sagen wollte. Aber er wusste, dass es manchmal besser so war. „Na ja, danke." „Der Lippenstift steht dir." „Er ist mein liebster", schnappte sie. „Ist das nicht zu prägnant?" „Lena!", sagte er fast väterlich, „es gehört zu dir."

Versuch nicht, jemanden zu beeindrucken mit etwas, das du nicht bist. Das bist du. „Lena mit kräftig rotem Lippenstift", sagte er zufrieden und betrachtete sie noch einmal von Kopf bis Fuß. „Du bist ein Schatz. Was würde ich ohne dich machen?" „Weinen zu Hause in ein Kissen, was sonst. Und jetzt lauf", machte er eine Geste mit der Hand und sie ging vorsichtig mit einem Cappuccino in den Händen auf die Terrasse hinaus.

„Hier bin ich also", sagte sie erwartungsvoll statt einer Begrüßung. „Wow", hauchte Alex, „jetzt bereue ich es, kein Rendezvous zu haben." „Gehen wir?" „Gern." Lena rannte die Holztreppe direkt zur ruhigen Straße hinunter und ging in Richtung des riesigen Parks. Dort waren verstreut mehrere Gruppen von Menschen unterschiedlichen Alters, Paare und Singles oder Einzelpersonen mit Hunden an der Leine. „Hast du einen Lieblingsort?", fragte er Lena.

„Oh nein, ich liebe diesen ganzen Park, aber wir können ans andere Ende gehen, es sieht so aus, als wären da nicht so viele Leute." „Ich verstehe, du willst mit mir allein sein", sagte Alex ernst. Lena schaute zum Himmel auf und sagte streng: „Ich rate dir, nicht so zu denken", beendete sie und starrte einen Moment lang in seine dunklen Augen.
Sie kamen ihr so bekannt vor, aber sie wusste nicht, woher. Tatsächlich wurde ihr plötzlich klar, dass sie nicht einmal seinen

Namen kannte. „Jedenfalls muss ich auf der Hut sein vor dir, ich kenne nicht einmal deinen Namen", sie sah ihn mit einem schelmischen Lächeln an.

„Ich stimme dir voll und ganz zu", widersprach Alex nicht.

„Hier?" Sie nickte mit dem Kopf zu einem Fleck in der Sonne.

„Kann sein." Lena stellte den Cappuccino vorsichtig auf den Boden, Alex tat es ihr gleich und beide setzten sich auf eine Seite.

„Du musst doch Lena sein, oder?" Er holte einen Cappuccino mit ihrem Namen heraus und reichte ihn ihr vorsichtig.

„Woher weißt du das?", fragte Lena geschockt.

„Nun, es steht auf deinem Cappuccino", fügte er hinzu und beide lachten.

„Ich bin Alex", er holte seinen Cappuccino heraus, nahm ihn in die linke Hand und reichte ihn ihr. „Ich freue mich, hallo", sie beugten sich vor und gaben einander einen kurzen Kuss auf die Wange. Ihr Haar duftete nach süßer Orange und Zedernholz.

„Na, mal sehen, was Patrik für uns gezeichnet hat", schlug Lena vor.

„Okay, ich bin neugierig, er zeichnet wunderschön."

Lena öffnete vorsichtig den Plastikdeckel des Cappuccinos und Alex tat es ihr gleichzeitig nach. Sie saßen so nah beieinander, dass sich ihre Hände fast berührten.

„Also, was hast du?", fragte Lena und blickte zuerst auf ihr Bild des lockigen Jungen und dann auf Alex. Sie merkten nicht, wie nahe sie sich in diesem Moment waren, ihre Köpfe waren so nah, dass sie den Atem des anderen spüren konnten. Alex beantwortete die Frage mit heiserer Stimme.

„Ich habe da drüben ein lächelndes Mädchen mit einem französischen Knoten und du?"

Lena verlor sich in seinen dunklen Augen und sagte: „Ich habe da drüben einen lockigen Jungen."

In diesem Moment beugten sie sich unbewusst zueinander und küssten sich zärtlich auf die Lippen. Lena spürte seine weichen Lippen und schloss für einen Moment die Augen. Es dauerte vielleicht nur eine Minute, aber sie hatte das Gefühl, im Weltraum zu fliegen. Dann trennten sie sich vorsichtig voneinander und schauten sich weiterhin an.

„Da es kein Rendezvous ist, na und?", lächelte sie.

„Schließlich ist es ein freundlicher Cappuccino im Park. Es tut mir leid, ich hatte nicht vor, dich zu küssen, aber jetzt weiß ich, dass ich es noch einmal tun muss." Er stellte den Cappuccino in den Ständer, streichelte Lenas Haar und küsste sie erneut. Dieses Mal lang und leidenschaftlich und sie wehrte sich nicht. Sie spürte, wie ihr die Röte in die Wangen stieg. Als er sich von ihr löste und ihr erneut den Cappuccino reichte, sagte er: „Das ist der beste Cappuccino, den ich je getrunken habe."

„Es wurde von Patrik gemacht", lächelte sie.

„Ich weiß, aber er hat es für dich und mich gemacht", zwinkerte er ihr zu.

„Magst du Karamell?"

„Ja, Zimt auch. Als ich klein war, hat meine Mutter zu Weihnachten immer Zimtschnecken gebacken. Das ganze Haus hat nach ihnen gerochen. Ich erinnere mich noch an den Geruch und jedes Mal, wenn ich Zimt rieche, kommen Erinnerungen an Weihnachten und an die Heimat hoch."

Er war fertig und ging in Gedanken wirklich nach Hause, zu einem geschmückten Haus, in dem jeden Morgen Weihnachtslieder gespielt und Märchen geschaut wurden.

„Hattest du eine glückliche Kindheit?", fragte sie ihn neugierig.

„Ja, sehr, bisher komme ich gerne nach Hause, und du?"

„Ich auch. Meine Kindheit und Jugend war nicht von einem schlechten Verhältnis zu meinen Eltern geprägt. Ich fühlte mich sogar benachteiligt, als meine Klassenkameraden darüber sprachen", sagte sie lachend.

„Benachteiligt?" Auch Alex lachte.

„Ja, beraubt. Aber es ist lange her. Jetzt fühle ich mich nicht mehr benachteiligt", lachte sie erneut.

„Also, wie fühlst du dich?", fragte Alex interessiert.

„Ich bin dankbar für alles, was sie mir beigebracht haben. Magst du Bücher?"

„Ja, sehr. Ich gehe regelmäßig in die Buchhandlung und komme immer mit einem Fang zurück. Hier in London gibt es eine riesige, mit einer Rolltreppe in der Mitte, drei Stockwerke hoch mit Millionen von Büchern. Kannst du dir so viele Geschichten an einem Ort vorstellen? Jedes Buch verbringt auf seinen Seiten sicher sein eigenes Geschichte. Ich bringe dich dorthin, willst du?"

„Ja, bitte", bat Lena. „Meine Mutter hat mir schon als Kind die Liebe zu Büchern eingeflößt, und ich liebe es, wenn ich eine Geschichte habe und das Rascheln des Papiers mich so sehr fesselt, dass alles andere aufhört zu existieren."

„Du hast es schön gesagt, mir geht es genauso. Manchmal ist unsere Geschichte zu schmerzhaft, deshalb vertiefen wir uns lieber in das erste Buch", sagte er traurig.

„Und es reißt unsere Wunden auf", fügte Lena hinzu.

Er sah sie an und küsste sie erneut. Er wollte sich in ihren Küssen seiner eigenen Traurigkeit hingeben. Ihre Lippen boten ihm einen Zufluchtsort, in dem er nur unbekümmert lachen konnte. Für einen kurzen Moment wurden ihre Lippen zu einem sicheren Hafen, in dem er die Nacht verbringen und vor dem Sturm geschützt sein konnte.

„Wir wollen uns heute einfach küssen?", flüsterte Lena.

„Wenn du es wünschst", antwortete Alex, „werde ich dir diesen Wunsch erfüllen."

„Ich meine, du bist ein Fuchs."

„Du magst meine Küsse nicht?", fragte er plötzlich ernst, schaute ihr in die Augen und sie berührte zum ersten Mal sein lockiges Haar und küsste ihn sanft.

„Der Cappuccino wird kalt", betonte sie. „Ist es nicht eine Schande, die Bilder zu verderben?" „Nein, ist es nicht. Es sind nur Bilder und wir sind hier. Hier haben wir in Echtzeit die Möglichkeit, es zu erleben und nicht nur ein stummes Bild zu sein. Wir haben die Möglichkeit, jeden Moment zu nutzen, zu fühlen ..." Sie antwortete nicht.

„Glück und Liebe zu empfinden", schloss er. „Und die Vergänglichkeit des Lebens. Denn es läuft auch ohne uns. Und es liegt an uns, ob wir das Bild weiter betrachten ... Oder wir werden selbst dieses Bild sein", fügte er hinzu. Ihm kam es wie ein Wunder vor, einen solchen Moment hatte er schon lange nicht mehr erlebt. Diese Verbindung machte einen gewöhnlichen Moment zu einem unvergesslichen. „Patrik hat mir das alles beigebracht", gab sie zu. „Er ist sehr klug und einfühlsam."

„Er weiß, wie man den Herzschlag, die Vergänglichkeit eines Augenblicks oder die Zerbrechlichkeit des Seins einfängt, und gleichzeitig ist er so jung ...", fügte Alex hinzu.

Es schien Lena, dass er Patrik besser kannte als sie. „Ich freue mich, mit ihm zusammenzuarbeiten", nippte sie. Alex schaute sich im wunderschönen Park um, ergriff ihre Hand und zog sie herunter. Sie lagen nebeneinander und blickten in den Himmel. Sie kuschelte sich an ihn und er umarmte sie. Dann schliefen sie ein. Sie schliefen fast zwei Stunden. Und als sie langsam aufwachten und die Augen öffneten, sagte Lena: „Das ist das seltsamste Rendezvous, das ich je hatte."

„Tut mir leid, ich werde es nächstes Mal mehr versuchen. Aber zu meiner Verteidigung: Es war kein geplanter Termin." „Ich weiß, nur ein freundlicher Cappuccino im Park. Und was nächstes Mal?" „Ja, es wird auch ein nächstes Mal geben. Schließlich habe ich dir versprochen, dass ich dich in die Buchhandlung mitnehmen werde."

„Oh ja, das habe ich vergessen", lächelte sie und hielt immer noch seine Hand. „Ist dir nicht kalt? Wir haben lange geschlafen." „Ein bisschen." „Komm, lass uns gehen, hast du keinen Hunger?" „Ein bisschen", antwortete sie erneut.

„Dann können wir ein bisschen laufen und unterwegs etwas fangen", er zog sie hoch und zwinkerte ihr zu. „Gute Idee, Herr Hunter." „Dann bist du der Köder", er genoss es, sich ununterbrochen über sie lustig zu machen. „Komm schon ...", verteidigte sich Lena. „Natürlich lasse ich es zu", lachte er, „aber gib es zu, du bist hübsch und wahrscheinlich sogar noch jünger, was sonst sollten wir für mich jagen?" Sie lachten beide.

„Vielleicht altes Eisen", scherzte sie. „So, altes Eisen, aber du bist hübsch", er ergriff beim Gehen ihre Hand und ließ sie nicht los. „Sieht aus, als könnten sie dort gut kochen", er zeigte auf ein kleines Restaurant auf einem nahegelegenen Platz, den sie inzwischen erreicht hatten.

„Warst du schon einmal hier?" „Nein, und du?" „Ich auch nicht." „Okay, zumindest werden wir uns nicht gegenseitig ausschimpfen, wenn es uns nicht gefällt." Lena wollte Alex' Hand an diesem Abend nicht loslassen und selbst als er sie nach Hause begleitete, hielt sie ihn immer noch fest. Als hätte sie Angst, dass das alles nur ein Traum war.

Ein Traum, der morgens beim Aufwachen wie ein Nebel verschwindet. Lena gewöhnte sich sehr schnell an den Lockenjungen. Sie hatte immer noch das Gefühl, ihn schon lange zu kennen. Aber sie wusste immer noch nicht, warum sie so fühlte.

Die Zufriedenheit und das Lächeln auf ihrem Gesicht übertönten völlig die Traurigkeit der weißen Orchidee, und wenn sie nicht das Tattoo auf ihrem Rücken gehabt hätte, hätte sie die Orchidee völlig vergessen.

Manchmal reichen tausend Kilometer nicht aus, um einen Menschen vergessen zu machen, und manchmal genügt ein einziger Moment mit einem Menschen, um einen Lichtstrahl zu bringen und den ganzen Schmerz der Vergangenheit verschwinden zu lassen.

DAS NEUNZEHNTE KAPITEL

Eliz

Es erschallte das Klopfen an der Tür und eine leicht zerzauste Eliz spähte herein. „Alex, bist du hier?", sagte sie. „Ja, bin ich", antwortete Alex nachdenklich. „Kann ich? Störe ich dich?"

„Natürlich, komm, setz dich", er stand vom Tisch auf und bot ihr einen Stuhl an. Es kam ihm vor, als hätte Eliz Tränen in den Augen. Wie viele Dinge kann ein Gesicht verraten. Es ist voller Emotionen, auch wenn wir nichts sagen. „Was ist passiert?", fragte er eindringlich, als Eliz sich setzte.

„Ich habe mehrere Nächte lang nicht geschlafen", gab sie zu. „Was ist los, Eliz?" „Ich will ihn sehen", rief sie, „so kann ich das nicht mehr ertragen. Es ist wie ein Albtraum, ich wache nachts ganz verschwitzt auf, stehe auf und gehe in sein Zimmer, um zu sehen, ob er zurück ist. Ich gehe zum leeren Bett, streichle das Kissen, ziehe es gerade und schließe die Tür. Ich gehe ins Badezimmer, wasche meine Tränen mit kaltem Wasser und gehe zurück ins Schlafzimmer. Dies wird jede Nacht mehrmals wiederholt. Alex, es ist anstrengend, ich kann nicht mehr."

„Eliz, es tut mir sehr leid. Wenn ich das geahnt hätte, hätte ich ihn bei dem Abendessen nicht erwähnt", entschuldigte sich Alex. „Alex, du weißt, dass es nicht deine Schuld ist. Ich bin selbst schuld. Eine Mutter, die ihren Sohn ablehnte, weil ihr Ansehen und ihr Name an erster Stelle standen. Weil er nicht das Leben eines erfolgreichen Sohnes führen wollte, wollte nicht den Weg, den ich ihm aufgedrängt hatte ... was für eine Mutter bin ich?", fragte sie und begann noch mehr zu weinen. Alex ging auf sie zu und umarmte sie. Er zog einen Stuhl heran und ergriff ihre Hand.

„Eliz, bitte mach dir keine Vorwürfe, im Jugendalter kommt es oft vor, dass Eltern und Kind sich entfremden. Nur wenige Heranwachsende können darauf verzichten. Manchmal verschluckt ein übermäßig starker Elternteil die Träume seines eigenen Kindes und das Kind gibt sich dann dem Leben im Schatten der Eltern hin. Unter seinem Einfluss.

Aber Patrik ist nicht so. Patrik ist ein von selbst wachsender Baum, der schön und buschig ist. Er ist nicht mehr klein, damit du ihn beschützen kannst. Deine Flügel würden seine Zweige brechen. Bitte verstehe, dass das Einzige, was er braucht, dein Vertrauen ist, er braucht Ungebundenheit und Freiheit. Deine Sucht, ihn zu kontrollieren, ihn zu dirigieren, bindet ihn. Sie würde ihn zerstören. Er würde ein schlechter, verbitterter Mensch werden. Sein ganzes Leben lang würde er nicht aufhören, dir die Schuld dafür zu geben, dass du sein Leben ruiniert hast, und er wäre unglücklich", beendete Alex und streichelte ihr Haar.

Er verstand, was in Eliz vorging, aber er konnte nicht zulassen, dass ihr eigenes Ego, das viele Jahre lang von ihrem großen Erfolg geplagt worden war, ihre gesamte Familie zerstörte. „Aber ich wünsche ihm alles Gute, Alex, glaub mir." „Eliz, zuallererst willst du, dass es dir gut geht. Du hast Angst davor, was deine Mitmenschen sagen würden. Du hast dein ganzes Leben lang die Kontrolle gehabt, aber das könnte dich wirklich zerstören ..." Alex versuchte, ruhig zu sprechen. „Was soll ich machen? Ich kann nicht mehr", fiel Eliz fast verzweifelt in seine Rede ein.

„Vergib ihm von ganzem Herzen. Hör auf, ihm die Schuld dafür zu geben, dass er die Universität verlassen hat, und sei nicht mehr wütend darüber, dass er das Unternehmen verlassen hat. Sei wirklich stolz auf ihn. Weil du es wirklich sein kannst. Es steckt so viel Leben ihn ihm, er strahlt Glück und Harmonie aus." „So war er hier nie, er war abgenutzt, blass und ohne Funkeln in den Augen", gab Eliz zu. „Ich hätte nie gedacht, dass mir das passieren könnte." „Weil dein Leben perfekt war. Und du forderst auch von anderen Perfektion.

Und er ist perfekt, wenn auch anders, als du es gerne hättest, aber deine Vorstellungen sind meilenweit von seinen entfernt. Und es ist völlig in Ordnung, glaub mir." „Alex, hilf mir bitte, das durchzustehen?", fragte sie und sah mit tränengefüllten Augen zu ihm auf. „Ich werde für dich da sein, wann immer du mich brauchst."

„Na ja, danke. Wie immer. Du bist immer zur Hand, wenn ich es brauche. Ich habe großes Glück, dass du in unsere Familie aufgenommen wurdest. Manchmal habe ich das Gefühl, dass du der Klebstoff bist, ohne den die ganze Familie auseinanderbrechen würde.

Dass selbst das Geld und der Erfolg sie nicht retten würden. Dass sie ohne dich versinken würde, wie ein kleiner Lastkahn im Meer." „Eliz, ich bin hier, weil ich euch mag. Alle. Und es ist mir wichtig, dass du keinen Fehler machst, den du für den Rest deines Lebens bereuen würdest. Und der dein Herz in Stein verwandeln kann."

„Wirst du mich zu ihm bringen? Bitte?" „Okay, aber du musst mir versprechen, dass du dich an alles erinnerst, was ich dir heute gesagt habe." „Ich werde versuchen, den Rest nicht zu verderben, keine Sorge." „So lass uns gehen?" „Wohin?", fragte Eliz verwirrt.

„Zum besten Cappuccino, den du je getrunken hast", neckte Alex sie und nahm ihre Hand. Sie wollte Patrik so sehr sehen, aber sie wusste nicht, ob sie in diesem Moment dazu bereit war. Es ist so viel passiert. „Was ist, wenn er mich nicht sehen will?" Sie hielt plötzlich inne. „Patrik hat das reinste Herz, das ich kenne. Er schafft jeden Tag Glück und Freude für Fremde. Ich halte deine Hand, okay? Vertrau mir, die Liebe zwischen euch ist stärker als eure Angst", lächelte er.

„Okay", lächelte sie ebenfalls und beschleunigte ihren Schritt. Unterwegs sagte Eliz kein Wort und Alex wusste nicht, ob sie ihre Meinung geändert und ihre Entscheidung bereut hatte. Auf ihrem Gesicht bildete sich eine Falte. In ihren Gedanken kehrte sie in die Vergangenheit zurück und ein Film aus vergangenen Jahren begann zu erscheinen. Sie war so stolz, als er geboren wurde und als er schon in jungen Jahren begann, wunderschön zu zeichnen.

Es gab keine stolzere Mutter als Eliz. Sie meldete ihn bei allen Wettbewerben an, nicht nur in London, sondern in ganz Europa. Sie plante für ihn ein perfektes Leben in einer perfekten Londoner Familie. Aber wo ist der Fehler passiert?

Patrik war plötzlich wie eine ungelenkte Rakete, je mehr sie ihm Handschellen anlegen wollte, desto mehr rannte er in seine eigene Welt davon. Am Ende waren die Welt der Familie und seine Welt so weit voneinander entfernt, dass er das Gefühl hatte, überhaupt nicht zur Familie zu gehören. Er hatte das Gefühl, nicht einmal atmen zu können.

Gefesselt zwischen den Mauern einer renommierten Universität und der Arbeit im Unternehmen seiner Eltern fand er sich plötzlich wieder und beschloss zu gehen. Er war wie eine entlaufene wilde Gazelle, die nach einer langen Dürreperiode den Weg zum Wasser fand. Und er wollte unbedingt seinen inneren Durst stillen. Nichts und niemand konnte ihn zurückhalten, weder seine eigene Mutter noch seine eigene Familie.

DAS ZWANZIGSTE KAPITEL

Eine Frau mit dem Hut

Die leere Oberfläche eines schaumigen Cappuccinos begann sich in einer runden Tasse in ein detailliertes Werk eines talentierten Künstlers zu verwandeln. Es scheint, dass eine Tasse Cappuccino nicht zu einem Bild passt, das den Moment einfängt. Aber Patrik hat nicht darüber nachgedacht, was nicht geht oder wie wenig Platz er für seine Kunst hatte. Er arbeitete mit offenem Herzen, offenem Verstand, offenen Augen und Händen, die in wenigen Augenblicken ein Bild schaffen konnten, das für jeden Gast einzigartig war.

Patrik brauchte nur wenige Sekunden, um das Gesicht, die Figur, das Lächeln oder die Haltung des Kunden zu betrachten, und sofort entstand in seinem Kopf ein Bild, das nur ihm gehörte. Auf der Terrasse sah er eine elegante Frau mit Blick auf die Straße. Patrik konnte ihr Gesicht nicht sehen, aber der wunderschöne cremefarbene Hut hallte in seinem Herzen wider. Die Frau saß allein und bestellte wie die meisten Gäste einen Cappuccino bei Lena.

Fast jeder wollte einen Cappuccino und fast jeder war bereit, ein paar Minuten länger zu warten, nur um Patriks Kunst zu bewundern. Und so hatte Patrik heute ein wunderschönes Bild einer Frau mit Hut geschaffen, die mit einer Tasse Cappuccino auf der Terrasse saß.

Das Bild war nahezu perfekt. Er widmete jedem Detail Zeit, den Haaren, die unter dem Hut hervorschauten, der manikürten Hand, die den Cappuccino hielt. Patrik betrachtete seine zerbrechliche Schöpfung. Er maß es immer ein paar Sekunden lang und erst als er zufrieden war, gab er es an den Kunden weiter. Doch trotz der Schönheit, die er am Kapuziner sah, verspürte er eine Art innere Unruhe. Er hatte das Gefühl, dass dem Bild noch etwas fehlte, dass es kein Herz hatte. *Herz,* dachte Patrik, zog das Herz der Frau und lächelte.

„Jetzt ist es fertig", sagte er laut zu sich selbst, stellte die Tasse vorsichtig auf das Holztablett und reichte es lächelnd Lena. Sie lächelte ihn an und sagte: „Du bist ein Künstler, Patrik, ich werde wahrscheinlich nie aufhören, dir das zu sagen."

Patrik lächelte und sagte nichts. Lobende Wortw ließ er sich nie gefallen, denne r hatte ihnen schon als kleiner Junge zugehört. Aber sie verschafften ihm nie Genugtuung. Das wusste nur sein eigenes Herz, wenn es mit der Arbeit zufrieden war. Das war das größte Kompliment für Patrik.

Als er leicht zitterte und er von seiner eigenen Arbeit leicht bewegt war. Er wusste nicht, ob es richtig war, er wollte nicht undankbar sein, aber so fühlte er sich einfach und es konnte nicht geändert werden.

Als Lena der Frau den Cappuccino brachte, beobachtete sie sie eine Weile. Das machte sie mit allen Kunden. Sie war fasziniert von den Emotionen und manchmal sogar den Tränen, die manche Gäste nicht verheimlichten. Sie erlebte mit allen die beispiellose Bewunderung und Freude eines gewöhnlichen Cappuccinos.

Es war kein Gemälde in einer berühmten Londoner Galerie, es war ein gewöhnlicher Cappuccino und dennoch gelang es ihm, das Herz zu berühren. Jeden Tag, immer und immer wieder, und Lena wusste, dass alles einen Sinn ergab. Auch Arbeit in einem Café. Eigentlich jede Arbeit, die mit Herz und Liebe erledigt wird. Patrik hat ihr das alles beigebracht. Er war so jung und doch wusste er mehr über das Leben als sie.

Lena hat die perfekte Arbeit auf den Tisch gelegt. „Gern geschehen", sagte sie mit einem Lächeln. Die Frau war fassungslos, als sie das Gemälde betrachtete, und Tränen begannen über ihre Wangen zu fließen. Lena war erschrocken. „Ist bitte alles in Ordnung?" Und ohne sie anzusehen, fixierte die Frau ihr rotes Haar, das unter ihrem Hut hervorlugte, und wischte sich sanft die Tränen von beiden Wangen.

„Danke, alles ist in Ordnung, danke", sagte sie mit zitternder Stimme und gab sich große Mühe, ruhig zu wirken. Es war, als wäre sie es nicht gewohnt, vor Fremden Gefühle zu zeigen, aber etwas in ihr, etwas, das sie nicht kontrollieren konnte, zerbrach. Und die Tränen, die sie lange unter Verschluss gehalten hatte, erschienen wieder auf ihrem Gesicht. Doch dieses Mal ließen sie sich treiben, fanden den Ausweg und blieben nicht stehen. Lena schaffte es nicht und setzte sich auf den Stuhl neben ihr.

„Bitte weinen Sie nicht, wissen Sie, dass Patriks Bilder das Herz berühren können, und ich selbst bin immer wieder von ihnen berührt", sagte sie zärtlich. Die Frau sah sie mit ihrem ausdrucksstarken Gesicht voller Sommersprossen an. Lena schien jemanden in ihrem Gesicht zu sehen, aber in diesem Moment wusste sie nicht, wen.

„Er ist mein Sohn", sagte sie weinend und Lena sah sie geschockt an. „Wie? Ihr Sohn?", wiederholte Lena. „Er ist mein Sohn, den ich an mein eigenes Ego verloren habe", fuhr sie fort.

Jede Sommersprosse in ihrem Gesicht verdunkelte sich und sie wurde immer schöner. „Sie meinen Patrik?" Lena verstand es immer noch nicht.

„Ja, Patrik", antwortete die weinende Frau. „Bitte sagen Sie ihm nicht, dass ich es bin", blickte sie Lena flehend an. „Aber warum?" „Weil er nicht verstehen würde, dass ich hier bin. Er wäre auf jeden Fall wütend", sprach sie langsam und betonte jedes Wort. „Seine Welt und meine Welt sind zwei verschiedene Kontinente, die meilenweit voneinander entfernt sind."

„Aber Patrik hat das gütigste Herz, das ich kenne. Er schafft es jeden Tag, Fremden ein Lächeln ins Gesicht zu zaubern", verteidigte ihn Lena. „Das ist gut, lassen Sie ihn einfach weitermachen. Vielleicht wird er mir eines Tages verzeihen", fügte die Frau hinzu. Plötzlich griff sie in ihre beige Handtasche und holte eine glänzende rote Geldbörse heraus.

Sie nahm zwei Zwanzig-Pfund-Scheine heraus, legte sie auf den Tisch und sah Lena erneut an. „Ich flehe Sie noch einmal an, ihm nichts zu sagen." Und Lena hatte es versprochen. Sie wusste nicht einmal, warum, aber die Angst in den Augen der unbekannten Frau ging auch auf sie über.

Sie verspürte als Frau ein enormes Gefühl der Zugehörigkeit zu einer Frau, also nickte sie. „Danke", antwortete sie und zog den Hut weiter in ihr Gesicht. Sie stand auf, nahm ihre elegante Tasche in die Hand und verließ die Terrasse. Lena beobachtete sie lange und fragte sich, was passiert sein musste, wenn sich eine Mutter vor ihrem eigenen Sohn versteckte. Aber sie selbst wusste sehr gut, dass der Schmerz es manchmal nicht erlaubt, einen Schritt nach vorne zu machen. Dass manchmal die Wahl der Flucht die einzig mögliche Lösung ist. Entkomme deinem eigenen Herzen.

Als Lena mit dem unberührten Cappuccino ins Café zurückkehrte, sah sie Patrik an. Doch er war mit dem Gespräch am anderen Ende des Cafés beschäftigt und bemerkte daher die Szene, die sich auf der Terrasse abspielte, gar nicht. Sie atmete erleichtert auf und goss den noch warmen Cappuccino diskret in die Spüle.

Als Patrik zurückkam, war alles gewaschen und Lena kümmerte sich um einen anderen Kunden. Patrik fragte beiläufig: „Hat dir die Frau mit dem Hut gefallen?" Doch er sah Lena nicht einmal an und konzentrierte sich weiterhin auf seine Arbeit. „Ja, sehr wohl", antwortete Lena und versuchte, Patrik nicht nach der Frau zu fragen, die einen großen Schmerz in ihrer Seele trug, „so ist das schließlich immer", fügte sie lächelnd hinzu.

Krankenhaus

Desinfektion und dieser seltsame Geruch, der nur in einem Krankenhaus herrscht, waren überall zu riechen. Der Geruch von Krankheit, Tod, Schmerz und gleichzeitig Freude, Erleichterung und neuem Leben. Das Krankenhaus war so ein kleines Land, in dem völlig andere Regeln galten als in der normalen Welt. Im Krankenhaus konnte selbst die einflussreichste Person Hilflosigkeit verspüren, und umgekehrt konnte selbst die ärmste Person immense Freude, Glücksgefühle oder außergewöhnlichen Reichtum verspüren.

Mit unbeschreiblicher Dankbarkeit beobachtete Oskar die Arbeit einer großen, kräftigen Krankenschwester mit tiefrot gefärbtem Haar. Er hatte extravagante Frauen noch nie gemocht, aber jetzt hatte er das Gefühl, dass diese roten Haare hier auf der Intensivstation eine Art Hoffnung waren, die die düstere Wolke der Hoffnungslosigkeit vertrieb.

Vater war immer noch mit all den Geräten verbunden, die er nicht verstand, und das machte ihm Angst, aber die Krankenschwester, die sie wechselte und überprüfte, lächelte ihn an und er wurde plötzlich ruhig. Auch sein Vater lächelte ihn an und sagte halb flüsternd, er wolle seine erschöpfte Stimme vor Oskar verbergen.

„Das ist Ingrid. Sie ist eine Witwe wie ich und sollte in einem Jahr in den Ruhestand gehen. Ich glaube, sie mag mich", fügte er hinzu und zwinkerte Oskar zu.

Oskar fing an zu lachen.

„Papa, das hätte ich von dir nicht erwartet", sagte er und man konnte sehen, wie erleichtert er war, dass es Papa besser ging.

„Und was würdest du erwarten? Schließlich hast du mir selbst vor Kurzem gesagt, dass ich nicht allein bleiben soll", verteidigte sich der bettlägerige Vater. Oskar bemerkte erst jetzt, dass sich Stoppeln in seinem Gesicht gebildet hatten.

„Ich mache dir morgen eine Rasur, damit dich Frau Ingrid mag", sagte er lachend.

„Wir haben vereinbart, dass sie nach meiner Entlassung zum Abendessen zu uns kommt", fuhr sein Vater fort und Oskars Herz zitterte. Freude, aber auch ein wenig Traurigkeit. Er wusste, wenn Ingrid in das Leben seines Vaters käme, müsste er die Sachen seiner Mutter wegräumen, genau wie er es bei Lena getan hatte, und dafür sorgen, dass ein neuer Lebenshauch das Haus lüftete. Für eine Sekunde hatte er Angst davor, was von der Erinnerung an seine Mutter bleiben würde, doch dann wurde ihm klar, dass er seine Mutter immer noch in seinem Herzen trug, egal, ob ihre Sachen im Schrank hingen oder nicht.

„Vater?", stellte er die Frage und schwieg.

„Ja, Oskar, ich höre dir zu", sagte Papa langsam und rückte mit einer von der trockenen Luft des Krankenhauses rissigen Hand die weiße Bettdecke auf dem Metallbett zurecht. Er war so ruhig, und wenn er nicht den Infusionsschlauch in der Hand gehabt hätte, hätte sein Gesichtsausdruck so ausgesehen, als säße er an einem Sonntagabend in seinem bequemen Wohnzimmersessel und schaute sich seine Lieblingsserie von Agatha Christie an.

„Ich bin sehr glücklich mit dir. Du hast es verdient, wieder glücklich zu sein", sagte Oskar und spürte fast, wie seine Augen tränten. „Aber Oskar, ich war mein ganzes Leben lang glücklich. Ich habe wirklich nichts zu meckern. Ich möchte immer noch leben." „Ich weiß, Vater, aber ich habe es anders gemeint", antwortete Oskar.

„Ich weiß sehr gut, was du meinst, und keine Sorge, es war alles in bester Ordnung. Ich war derjenige, der sich freiwillig in den Erinnerungen deiner Mutter gefangen hat, und sie lebte während dieser Erinnerungen mit mir im Haus. Mir war nicht einmal bewusst, wie viele Jahre seit ihrem Tod vergangen waren. Es war eine so intensive Erinnerung.

Du hast mich vor nicht allzu langer Zeit daran erinnert, wie die Zeit vergeht", fügte sein Vater hinzu, und Oskar stand auf und streichelte seine ausgemergelte Hand. „Du hast viel Gewicht verloren", bemerkte er. „Oh, aber das Krankenhausessen ist nichts wert, aber Ingrid hat angefangen, mir ab und zu etwas von zu Hause mitzubringen", sagte der Vater verträumt. „Ich werde froh sein, wenn du wieder zu leben beginnst." „Es ist wirklich lange her, seit meine Mutter gestorben ist."

„Ja, Oskar. Sehr lange Zeit", sagte Vater langsam. „Es ist so lange her, dass ich vergessen habe, dir etwas Wichtiges zu sagen, aber als du das letzte Mal bei mir warst, hast du mich daran erinnert. Bitte erzähl mir von der Frau, die du in London getroffen hast. Es kam mir vor, als würde ich nur träumen."

„Denkst du an Magdalena?", fragte Oskar überrascht. „Ja, ich meine die Frau mit dem Cappuccino, bitte erzähl mir von ihr. Ich würde ihre Geschichte gerne noch einmal hören. Es war so berührend, aber dann bekam ich einen Herzinfarkt und kann mich an nichts mehr erinnern. Mir kommt es so vor, als hätte es diesen Tag gar nicht gegeben, ich habe nur Fragmente davon", endete er, und Oskar bemerkte, dass er dem Wort „Herzinfarkt" fast keine Bedeutung beimaß, dass es das Normalste war, was ihm passierte an diesem Tag.

Er erinnerte sich an die Worte, die ihm sein Vater seit seiner Kindheit beigebracht hatte und die er ihm gegenüber oft betonte: „Alles hat nur so viel Gewicht, wie wir selbst ihm geben." Magdalena. Er redete lange und versuchte, sich an jedes Detail zu erinnern, das ihm von diesem Tag mit Magdalena im Gedächtnis geblieben war, und kein einziges Gefühl zu vergessen, das sie ihm beschrieb. Und der Vater unterbrach ihn nicht, er hörte nur geduldig der Geschichte einer Frau zu, die so viel Schlimmes überstehen musste und bis jetzt nicht einmal wusste, ob sie es schaffte, ihren damals dreijährigen Sohn Eduard zu retten.

„Und weißt du, was sie mir am Ende ihrer Geschichte erzählt hat?", fragte Oskar seinen Vater, „Nein, sag es mir, mein lieber Oskar", fragte der Vater. „Angeblich stellt sie sich Eduard als mich vor, dass er mir sicherlich sehr ähnlich wäre, und besonders gefielen ihr meine lockigen Haare", sagte Oskar lächelnd und wollte seinen Vater unbewusst zum Lachen bringen.

„Oh, deine lockigen Haare, deiner Mutter haben sie auch sehr gut gefallen. Sie hat sich in sie verliebt, als sie dich zum ersten Mal sah. Sie wollte schon immer einen Jungen mit lockigen Haaren", und Papa antwortete genau das, was Oskar so sehr hören wollte, und als er es aus den trockenen Lippen seines Vaters hörte, beruhigte er sich schließlich. Es schien ihm, dass alles in bester Ordnung war. Vater wird sich erholen und sie werden wieder gemeinsam Sport schauen.

„Ja, ich weiß, wir waren ihre beiden lockigen Lieben, schließlich habe ich sie von dir. Sogar deine sind immer noch schön, Frau Ingrid muss sich in sie verliebt haben", antwortete Oskar mit einem glückseligen Lächeln und sehnte sich danach, wieder ein kleiner Junge zu sein, den Duft seiner Mutter zu riechen.

„Wirklich, wirklich, diese Locken", sagte der Vater, plötzlich wurde sein Gesicht ernst. Oskar fragte sich, ob alles in Ordnung war. „Papa, geht es dir gut?", fragte er besorgt. „Oh, mein Oskar, mir geht es gut, nur die Worte fallen mir schwer. Ich hätte nicht gedacht, dass wir jemals darüber reden würden ...", beendete er den Satz.

„Aber Papa, sei nicht verrückt, denkst du darüber nach, wer die schöneren Locken hat? Schließlich bin ich dein Sohn", scherzte Oskar. „In der Tat, Oskar, du bist mein Sohn. Der Sohn, den ich mehr als alles andere liebe. Der Sohn, den ich großziehen und ihn durch einen bestimmten Abschnitt seines Lebens begleiten durfte. Aber, mein lieber Oskar, ich muss dir sagen, dass manche Dinge im Leben komplizierter sind, als sie scheinen."

„Oh Vater, was ist heute? Ein philosophisches Fenster?", lächelte Oskar. „Nein, Oskar, kein philosophisches Fenster." „Na und, Vater?" „Es fällt mir schwer, das zu sagen, aber ...", murmelte Vater auf dem Bett. „Aber?", wiederholte Oskar.

„Ich glaube ...", er sprach nicht weiter. „Glaubst du?" Oskar verstand immer noch nicht. „Ich denke, wahrscheinlich ..." „Wahrscheinlich was?" Oskar wurde ungeduldig. Vater holte tief Luft und sah Oskar mit ernstem Gesicht an. „Wahrscheinlich ist Magdalena deine leibliche Mutter", sagte Vater mit langsamer, aber ernster Stimme und blickte in Oskars dunkle Augen.

„Was?" Oskar verstand immer noch nicht und sein Gesicht wurde blass. „Aber? Schließlich ist es nicht möglich. Wie kann ich, Oskar, Magdalenas Eduard sein? Das geht nicht, Vater", sagte Oskar etwas verblüfft und spürte, wie ihm die Kehle austrocknete. „Oskar, deine Mutter und ich konnten aus gesundheitlichen Gründen keine Kinder bekommen und haben einen dreijährigen Lockenjungen namens Eduard adoptiert", endete der Vater und sah dabei zu, wie Oskars ganze innere Welt zusammenbrach.

Er dachte, dass Oskar es nie erfahren würde. Eigentlich dachten alle die ganze Zeit, dass sich niemand um Eduard kümmerte, dass sie ihn losgeworden waren und er sich deshalb im Rettungsnest befand. Er und Elena hatten keine Ahnung, was der dreijährige Eduard durchmachen musste, und als er es nun wieder aus Oskars Mund hörte, war er froh, dass es ihnen gelungen war, ihm ein glückliches Zuhause, neue Hoffnung und ein neues Leben zu schenken. Tränen strömten über Oskars Wangen und er griff unbewusst nach dem Anhänger, den er um den Hals trug.

Weißer Orchideenanhänger. Denkmal für die Mutter. „Vater, ich bin nicht Eduard", versuchte Oskar die Kraft der Worte, die er bereits gesagt hatte, zu ändern. „Du, mein lieber Oskar, bist wirklich Eduard. Ich und deine Mutter haben beschlossen, deinen Namen zu ändern."

„Aber warum?" „Deine Mutter wollte immer einen lockigen Jungen, den sie Oskar nennen würde. Und da wir dachten, dass dich niemand als Eduard haben wollte, haben wir deinen Namen geändert." Oskar wollte Einspruch erheben, aber sein Vater hielt ihn davon ab.

„Die Gesetzgebung erlaubt eine Adoption", beendete der Vater und holte noch einmal tief Luft. „Um die Wahrheit zu sagen, ich dachte, ich würde dir niemals die Wahrheit sagen. Deine Mutter wollte es so, sie wollte nicht, dass du denkst, du wärst ein unerwünschtes Kind, aber Magdalenas Geschichte hat mein Herz tief berührt", schloss er mit zitternder Stimme.

„Jetzt ergibt für mich alles Sinn. Der Sanitäter fragte mich, ob du den großen Schock nicht überstanden hättest", erinnerte sich Oskar.

„Glaub mir, es war wirklich ein großer Schock für mich", sagte der Vater, „aber vor allem verdient Magdalena zu wissen, dass Eduard lebt."

„Danke, dass du es mir gesagt hast. Ich war ihr so nah und gleichzeitig so furchtbar weit weg. Danke, Vater, für alles, auch dafür, dass du dich damals um mich gekümmert hast. Und vor allem dafür, dass ich mich nach dem Tod meiner Mutter nicht aufgegeben habe", schloss Oskar und umarmte seinen Vater fest.

Beiden liefen Tränen über die Wangen. Und Vater streichelte Oskars Locken.

„Mein lieber Oskar, ich möchte dich nicht aufhalten, aber bitte geh und mach einer Frau eine Freude, die ihr ganzes Leben lang auf dich gewartet hat." Aber Oskar hielt seinen Vater nur fest und weinte, er weinte so sehr.

„Du wirst wieder deinen richtigen Namen verwenden. Du wirst auch eine Orchidee finden und glaub mir, sie wird ganz anders sein, nicht so, wie du es dir vorstellst, aber mit ihr wird auch ein Gefühl von Glück, Familie einhergehen ...", kamen ihm die Worte in den Sinn. Plötzlich passte alles zusammen und begann, einen Sinn zu ergeben.

„Oskar, bitte weine nicht", sagte Vater besorgt, „ich wusste, dass deine Reaktion böse sein könnte, aber ich brachte es nicht übers Herz, es dir nicht zu sagen."

„Vater, ich war ihr so nah, siehst du, so nah", wiederholte Oskar.

„Ich verstehe, Oskarchen, ich verstehe, alles ist so, wie es sein soll. Jetzt lauf, sie hat es verdient, es zu erfahren."

Er küsste das schwarze lockige Haar seines Sohnes, genau wie seine Elena es tat, und ergriff seine Hände. Er sah ihn an, seinen lockigen Jungen, dem er versprochen hatte, ihn mit nach Hause zu nehmen. Und er hat es erfüllt, mehr noch, er hat ihn als sein Eigentum akzeptiert. Genauso, wie Elena es sich gewünscht hatte. Er veränderte den Schmerz, den er nach ihrem Tod empfand, in Liebe zu dem lockigen Jungen.

Mit jedem Tag erinnerten ihn diese Locken mehr und mehr an seine geliebte Elena, die sich so sehr nach einem lockigen Jungen sehnte. Er erinnerte sich genau an den Tag, als er ihn zum ersten Mal sah. Elenas Tränen, als sie ihn schließlich umarmte, und ihre eigene Ablenkung und Angst davor, wie ihre Beziehung aussehen würde. Die Beziehung der Liebe und des schönen Zusammenlebens wurde plötzlich durch einen lockigen Jungen gestört.

Und er hatte solche Angst, dass dieses kleine weinende Geschöpf seinen friedlichen Zufluchtsort zerstören könnte. Aber das Gegenteil war der Fall. Elenas Liebe wuchs von Sekunde zu Sekunde und er hatte nie das Gefühl, dass sich ihre Gefühle für ihn geändert hatten. Im Gegenteil, es hat sich verändert.

Er wusste, dass er all den Schmerz, den er empfand, als Elena wieder krank wurde und ihn schließlich für immer verließ, ohne den lockigen Jungen, den er nicht wollte, nicht ertragen hätte. Und er wusste, dass er es wieder tun würde. Er würde die Adoption noch einmal in Angriff nehmen, selbst wenn er es dann nur aus Liebe zu Elena täte.

Hätte er sie damals nicht so sehr geliebt, hätte er den kleinen Eduard nie adoptiert. Er dachte immer, er könne das Kind eines Fremden nicht lieben. Er zweifelte an seinem eigenen Herzen, aber es verriet ihn seltsamerweise. Er begann, den kleinen lockigen Jungen bedingungslos zu lieben, ohne seine Zustimmung. Und nach Elenas Tod ging es nur noch um ihn. „Was für ein Paradoxon des Lebens", lächelte Juraj unbewusst.

DAS ZWEIUNDZWANZIGSTE KAPITEL

Bananenpfannkuchen

Sie lag mit offenen Augen auf dem Bett und ihr Blick wanderte zu den zarten weißen Orchideenblüten, die ihre blassrosa Tapete schmückten. Es kam ihr vor, als würde sie träumen. Alex beschäftigte sie völlig, es gab kein einziges Stück mehr, das sie Oskar noch widmete. Sie hatte das Gefühl, dass hier in London Jahre vergangen waren, dass es so unglaublich lange her war, seit sie Oskar verlassen hatte.

Eigentlich war sie dankbar, dass Patrik für sie Oskars Nummer blockiert und gelöscht hatte. So oft verspürte sie den Drang, ihn anzurufen oder ihm zu schreiben. Um sich dafür zu entschuldigen, dass sie gegangen war, sie hatte das Gefühl, etwas falsch gemacht zu haben. Aber wenn sie selbst schreiben wollte, konnte sie es nicht, sie hatte keine Möglichkeit.

Und vielleicht war das richtig, vielleicht konnte sie deshalb Alex treffen und vielleicht konnte sie sich deshalb hoffnungslos verlieben. In einen Mann, der ihr näher zu stehen schien als ihr eigenes Herz oder ihr eigener Verstand. In einen Mann, von dem sie nichts wusste, und doch hatte sie das Gefühl, ihn schon seit vielen Jahren zu kennen.

Jedes Mal, wenn Patrik ihr einen Cappuccino mit dem Bild eines lockigen Jungen machte, kam es ihr so vor, als ob das Bild mit ihrem Herzen wuchs, als wären sie und Alex eins. Sie floh vor der Liebe nach London, um hier endlich die Liebe zu treffen.

Eine innere Stimme flüsterte oder vielmehr schrie, dass dies der richtige Mann war. Der, mit dem sie alt werden möchte. Auf dem Nachttisch ertönte eine SMS, und sie streckte unbewusst die Hand aus und nahm das Telefon. Alex.

„Trüffelmädchen, ich wünsche dir einen schönen Tag", und ein Smiley-Symbol. „Das Mädchen mit der Trüffel?", schrieb Lena zurück. „Ja, das Trüffelmädchen", kam die sofortige Antwort. „Okay, ich mag tatsächlich Trüffel", schrieb sie zurück und fügte sofort hinzu: „Dir auch einen schönen Tag, Junge mit dem Cappuccino. Ich mag dich", beendete sie den Text und sah ihn lange an. Sie war verliebt, hatte es Alex aber noch nicht gesagt.

Er musste es sehen, denn selbst sein Blick verriet, dass er ihr gegenüber nicht gleichgültig war, doch die geschriebenen Worte offenbarten plötzlich so viel. Sie hat den letzten Satz gelöscht. Aber sie zögerte.

Sie und Alex trafen sich schon seit langer Zeit und sie wollte ihre Beziehung über die Tür seiner Wohnung hinaus ausdehnen. Sich nicht nur in einem Café treffen, keine Zeit damit verbringen, nur durch die Straßen Londons zu schlendern. Ja, es war das Romantischste, was sie je erlebt hatte, aber trotzdem …

Sie zog gleich in der ersten Woche, ein paar Tage nachdem sie ihn kennengelernt hatte, bei Oskar ein und blieb dort jahrelang. Sie war es gewohnt, die Beziehung in vollen Zügen zu genießen. Tatsächlich hatte sie noch nie jemanden so gedatet wie jetzt Alex.

Es war völlig neu für sie. Sie war ungeduldig, aber gleichzeitig wurde ihr klar, dass sie nichts überstürzen wollte. Schließlich gelten in einer fremden Welt andere Regeln. Sie wollte mehr über Alex erfahren, sie wollte seine Gewohnheiten kennen, sie wollte wissen, ob er in weichen Bettdecken oder unter einer Decke schlief.

Sie wollte wissen, ob er früher zu Hause gefrühstückt hatte. Sie wollte alles wissen und wusste so gut wie nichts. Sie hatte sogar das Gefühl, dass Alex und Patrik sich kannten, dass es nicht das erste Mal war, dass sie sich im Café sahen, aber Patrik schwieg. Er sagte nur: „Ich sehe nur sein gutes Herz, den Rest muss er dir selbst zeigen." „Patrik, komm schon", wandte Lena damals ein.

„Du bist wie immer sehr ungeduldig", erinnerte sie sich daran, wie Patrik lächelte, als er es ihr erzählte. Und als sie nun da lag, war sie entschlossen, ihre Beziehung weiter voranzutreiben, und sie tippte erneut: „Ich liebe dich", aber sie schaute immer wieder auf das Display, die Schwere der Worte zwang sie, den Satz zu löschen. Wovor hatte sie Angst? Ablehnung, Offenbarung von Gefühlen? Dass Alex ihr noch mehr unter die Haut gehen wird? Noch mehr als jetzt? Kann das sein?

Sie fragte sich, aber sie wusste sehr gut, dass es machbar war. Auch sie hatte ihm noch nicht alles verraten, aber genau das wollte sie. Schütte ihm ihr gebrochenes Herz aus, erzählte ihm alles Unrecht, das ihr widerfahren ist, und wartete darauf, dass er sie küsste, streichelte und in seinen Armen versteckte.

Sie beschloss, es doch zu riskieren. Denn was kann schlimmstenfalls passieren, dass er aus London flieht? Noch weiter? Sie lachte und schickte die SMS ab.

Doch das Telefon blieb stumm, es kam keine Antwort. Zumindest jetzt noch nicht. Und so stand sie auf und ging langsam in die Küche. Sie kochte Kaffee und schrieb an Patrik.

„Kommst du zum Frühstück?" Die Antwort auf diese SMS kam sofort. „Zögere nicht, ich bin gleich da."

Das Frühstück mit Patrik wurde zu einem Ritual, das beiden Spaß machte. Und trotz der Tatsache, dass sie sich so nahekamen, erzählte Patrik ihr nie von der Frau mit dem Hut. Er hat nie auch nur angedeutet, dass mit seiner Familie etwas nicht stimmte. Und sie hat nicht gefragt. Sie akzeptierte sein Schweigen.

Und vielleicht gab es nichts zu sagen, vielleicht war sein Herz so unglaublich leer, dass es keine Worte gab, um es zu beschreiben. Und doch versuchte Lena, etwas in Patriks Gesicht zu lesen, aber da war nichts, was einen Schatten oder eine Traurigkeit verraten hätte. Es gab nur Frieden und lächelnde Augen.

„Na, wie hast du geschlafen?", sagte Patrik, statt zu grüßen, als sie ihm die Tür öffnete. „Fast wie zu Hause, eigentlich wie zu Hause", lächelte Lena. „Bist du schon zu Hause?" Patrik sah sie misstrauisch an und fast sofort fingen sie an zu lachen.

„Ist etwas passiert, von dem ich nichts weiß?", fragte er. „Sollte ich das als offizielle Untersuchung betrachten? Bedenke, was auch immer du willst. Mich interessiert nur, ob du schon zu Hause bist?"

„Noch nicht ganz, aber wenn ich das Haus meiner Eltern nicht als Zuhause betrachte, ist es tatsächlich mein Zuhause geworden.

Schau doch mal, diese Wohnung und ich gehören zusammen", endete sie und blickte sich verliebt um. „Ja, du bist ihr gewachsen, aber ich habe das Gefühl, dass du auch dem Café gewachsen bist." „Und dir, oder?", fügte Lena hinzu.

„Na ja, mir nur ein bisschen, würde ich lieber zu Alex sagen." „Komm schon, nicht wahr?" „Das werde ich, und tatsächlich ist es etwas völlig anderes, Alex näher zu kommen, als mir näher zu kommen", zwinkerte er ihr zu.

„Hast du Hunger?", fragte Lena. „Natürlich habe ich seit gestern nichts gegessen", sagte Patrik ernst. „Die ganze Nacht?" „Ich glaube, die ganze Nacht." „Wie hast du es ausgehalten?", neckte ihn Lena. „Ich weiß es selbst nicht, aber du wirst mich jetzt tatsächlich vor dem sicheren Tod retten, wenn du mir etwas zu essen gibst."

„Möchtest du ein süßes Frühstück oder ein salziges?" „Was empfiehlst du?" „Ich empfehle süß, aber ich bin heute gut gelaunt und du hast die Wahl."

„Wie denn das?", fragte Patrik. „Dass ich gute Laune habe?" Sie lächelte und fuhr sich mit der Hand durchs Haar. Patrik sah sie an, maß sie genau ab. „Du wirst rot", er schüttelte den Kopf, „was ist passiert?" „Es ist nichts passiert, ich bin einfach nur gut gelaunt, oder?" Lena fing an zu zappeln.

„Ich kenne dich und verbringe genug Zeit mit dir bei der Arbeit, um zu wissen, ob etwas los ist", entgegnete Patrik. „Okay, okay, wenn ich es dir sage, wirst du es mir dann sagen?" „Was soll ich dir sagen?" Patrik verstand es nicht.

„Ich sage dir, dass du heute wirklich etwas Besonderes bist. Also schalte es endlich aus", verdrehte Patrik die Augen. „Es passiert nichts, Herr Detektiv, ich habe einfach das Gefühl, mich verliebt zu haben", gab Lena zu.

„Wie, verliebt?", fragte Patrik unverständlich. Schließlich wusste er schon seit langer Zeit, dass sie verliebt war. „Na ja, ich habe mich einfach verliebt", begann Lena nervös zu stampfen. „Wie wäre es mit mir?" „Was? In dich? Bist du verrückt?" Sie schlug ihm hart auf die Schulter. „Wer dann, wenn nicht ich?" „Na, wer? Alex. Du bist heute irgendwie ahnungslos", blickte Lena empört drein.

„Aber das weiß ich schon lange, es ist nichts Neues für mich. Versuch mir, etwas zu sagen, was ich nicht weiß", lächelte Patrik. „Das ist nichts Neues für dich und ich habe es erst heute gemerkt", lachte Lena darüber.

„Bei deiner Café-Blindheit wundert es mich nicht einmal, dass deine anderen Sinne versagen." „Patrik!" Lena war wütend. „Ja? Willst du mir also etwas erzählen, was ich nicht weiß? Woher wusstest du das?"

„Es ist nicht schwer, du bist Hals über Kopf verliebt, das sieht man meilenweit. Ich bin froh, dass du glücklich bist." „Ich weiß noch nicht, ob ich glücklich bin." „Wie meinst du das?"

„Ich habe Alex heute geschrieben, dass ich ihn mag, und er hat mir noch nicht zurückgeschrieben", gab Lena unsicher zu, „und wenn er mir nicht zurückschreibt, muss ich aus London weglaufen, aber weiß nicht, wohin." „Du und deine Flucht vor Problemen und der Realität. Du solltest lernen, dich dem Leben und dem, was es mit sich bringt, zu stellen", er sah sie ernst an. „Weißt du, manchmal ist es besser zu rennen", sagte sie und drehte die ersten beiden Pfannkuchen um.

„Es riecht wunderbar, was ist das?" Patrik wich der Antwort aus und leckte sich die Lippen. „Bananenpfannkuchen, lecker, leicht und gesund zugleich", prahlte Lena. „Mhm, das hört sich toll an, vielleicht verzeihe ich dir, dass du doch vor allem davongelaufen bist."

„Ich hoffe es jedenfalls. Und denkst du, dass Alex mir zurückschreiben wird?" Ihre Stimme klang ein wenig verzweifelt und unsicher. „Aber Lena, sei nicht wie ein kleines Mädchen", sagte er streng. „Ich bin kein kleines Mädchen, ich mag es einfach nicht, meine Gefühle preiszugeben."

„Manchmal ist es notwendig, um weiterzumachen. Die Frage ist, mit wem wir weitermachen wollen", sagte Patrik und machte eine Handbewegung.

„Stimmt, ich würde gerne mit Alex weitermachen." „Aber warum? Fühlst du dich nicht so gut?" Lena war von Patriks Frage etwas verblüfft und dachte einen Moment nach und stellte einen vollen Teller mit Pfannkuchen und Karamellbelag vor Patrik ab.

„Gern geschehen", lächelte sie und Patrik griff zum Besteck, um so schnell wie möglich den ersten Bissen zu probieren. „Ähm, lecker, Lena! So kannst du überraschen. Es ist erstaunlich", schwärmte er. „Ich weiß. Ich liebe sie auch", gab sie zu.

„Sag mal, warum willst du etwas ändern? Schließlich bist du vor nicht allzu langer Zeit vor einer Beziehung davongelaufen und hast nicht einmal gemerkt, dass etwas damit nicht stimmt. Warum willst du dich in die nächste stürzen?" „Eigentlich weiß ich es nicht, du hast völlig recht.

Aber wenn ich diese Art von Beziehung, oder wie soll ich es nennen, nicht gewohnt bin. Die Unsicherheit macht mir buchstäblich Angst." „Und was bedeutet Sicherheit heutzutage?", versuchte Patrik zu argumentieren, „dass man mit jemandem zusammenlebt? Dass du mit jemandem verheiratet bist? Lena, du weißt selbst, dass das nicht stimmt. Das Leben ist einfach voller Unsicherheit. Also akzeptiere es einfach und genieße, was es dir bringt", sagte Patrik mit vollem Mund.

Er sprach sehr schnell und wollte den Satz so schnell wie möglich beenden, um sich ganz dem köstlichen Frühstück widmen zu können.

„Oh, da hast du wieder recht", stimmte Lena schließlich zu und er war froh, dass sie es endlich verstand.

„Und vor allem nicht mit der Säge drängen!" „Ich schiebe die Säge? Aber bitte, es ist nur eine SMS", wandte sie ein. „Nur SMS schreiben und deshalb bist du so nervös? Was ist, wenn er nicht zurückschreibt? Wirst du also heute Schluss machen?" „Nicht heute. Morgen", sagte Lena und beide lachten.

„Hör auf zu schmollen und iss, sonst wird es kalt", sagte sie entschieden. Doch Patrik stand auf und näherte sich ihr. „Komm, komm her", sagte er und umarmte sie fest. Lena hatte Tränen in den Augen und er wusste es, aber eine Umarmung war alles, was er ihr geben konnte. „Es wird kein Entrinnen geben, okay?", flüsterte er ihr ins Ohr und streichelte ihr Haar. „Okay, aber nur für diesen Moment", versprach Lena.

„Du riechst nach Jasmin", sagte Patrik und roch an ihrem gewaschenen Haar. „Ja, ich mag den Geruch und habe Jasminöl gefunden, nicht weit von hier entfernt gibt es ein Geschäft mit Gewürzen, Kosmetika, Düften und Lebensmitteln aus Indien und Asien. Sie haben dort viele Glanzstücke. Unter anderem Jasmin-Haaröl."

„Und wann wolltest du mir das sagen?", sagte Patrik vorwurfsvoll. „Was? Dass ich Jasminöl für meine Haare verwende?" „Dass du so einen Laden gefunden hast." „Ich dachte, du wüsstest von ihm", verteidigte sie sich. „Es muss etwas Neues sein, wenn ich es noch nicht bemerkt habe."

„Weißt du was? Wir können wieder nach Indien fahren und dort gemeinsam Halt machen." „Okay, dir ist vergeben." „Puh, das ist eine Erleichterung", sagte Lena und aß ebenfalls die Bananenstückchen.

„Das macht total süchtig", sagte Patrik. „Warum hast du sie nicht schon vor langer Zeit für mich gemacht?", fragte er mit vollem Mund.

„Ich konnte nicht alle Asse auf einmal ziehen", lachte sie nachlässig. „Also Taktik, ich schätze sie", würdigte Patrik und ließ sich völlig vom Geschmack und Geruch der bis dahin unbekannten Köstlichkeit einfangen.

Wieder in London

Manchmal klammern wir uns so sehr an die Gewissheiten, die wir unser ganzes Leben lang haben, dass wir plötzlich, wenn sich das Unerwartete wie der Morgennebel verzieht, in die Knie gezwungen werden. So ging es Oskar jetzt.

Die Gewissheit, dass Juraj und Elena seine Eltern sind, war so stark, dass der Verstand nichts anderes akzeptieren konnte. Sein ganzes Leben lang hörte er der Sehnsucht seiner Mutter nach dem lockigen Jungen zu, bis er tatsächlich glaubte, er sei das Wunschkind. Er hing so sehr an der Idee, dass er in seinen Locken seinem Vater und in seinem Charakter seiner Mutter ähnelte.

Plötzlich kenterte sein ganzes Leben wie ein alter Lastkahn auf stürmischer See. Der Sturm brach das Holz, das jahrelang strapaziert worden war, und er befand sich in kaltem Wasser. Allein, weit weg vom Ufer. Wird er in seinen eigenen Gedanken ertrinken, die ihn auf den Grund ziehen, oder wird er sich umdrehen und ein Rettungsboot sehen, das ihn in unbekannte Länder bringen wird?

Er spürte, wie er langsam in den schwarzen Abgrund versank. Es gab kein Zurück mehr, er fiel immer tiefer und näherte sich dem Boden. Ihm ging die Luft aus und er verlor das Bewusstsein. Doch plötzlich spürte er den Boden unter seinen Füßen und eine weiße Orchidee erschien in seinem Kopf. So schön, mit Blumen bedeckt, er konnte sie riechen und in diesem Moment erholte er sich und hüpfte vom Boden ab.

Nach ein paar Sekunden tauchte er wieder auf und holte tief Luft.

Er spürte, wie sich sein Herz mit einem Schwall neuer, ungewohnter Gefühle füllte. Er hatte all die Jahre nach der weißen Orchidee gesucht, und als er sie nun gefunden hatte und wusste, dass es seine Mutter war, die noch lebte, zitterte sein Herz. Er stellte sich gerade vor, was er ihr sagen würde, wenn er sie wieder fand.

Wird sein innerer Aufruhr endlich ein Ende haben, dass er erfolglos nach einer weißen Orchidee suchte und vergeblich dachte, dass sie die Frau seines Lebens sein würde? Eigentlich war sie die Frau seines Lebens und vielleicht die zweitwichtigste, denn er betrachtete Elena als seine wahre Mutter. Dank ihr hatte er das Leben, das er hatte. Voller Frieden und Liebe.

Erst jetzt wurde ihm klar, dass sein Leben auch in eine ganz andere Richtung hätte verlaufen können. Ohne Familie, ohne Hintergrund, irgendwo im Kinderheim, nur unter anderen verlassenen Kindern. Seine Gedanken wanderten immer weiter zu Magdalena. Er schauderte bei dem Gedanken, was sie durchmachen musste, um ihn vor seinem eigenen Vater zu retten.

Dem Vater, der ihm das Leben geschenkt und es ihm fast genommen hätte. Die Lebenswege sind manchmal schlimmer, als man es sich vorstellen kann, aber manchmal taucht ein neuer Weg auf, dank dem es möglich ist, eine zweite Chance zu bekommen, wie er sie bekommen hat.

Er erinnerte sich nicht an das Grauen, das er als Kind erlebt hatte, und wusste, wenn Magdalena gewusst hätte, dass er Eduard war, hätte sie ihm ihre Geschichte nie so ausführlich erzählt. Sie würde ihn auf jeden Fall beschützen wollen. Wie alle Mütter. Sie ertragen Schmerzen, Angst und Erschöpfung, nur um ihre Kinder zu schützen.

Er holte sein Handy heraus und schrieb eine SMS. Unbewusst, ohne nachzudenken. „London? Morgen Früh?", schrieb er an Jana. Zum ersten Mal suchte er nicht nach einer weißen Orchidee, sondern nahm sie so, wie sie war. Und plötzlich nahm er sie als Teil seines Lebens wahr.

Er wollte sie nicht für eine Nacht, er musste sie nicht täuschen. Und sie überraschte ihn immer wieder mit ihrer Direktheit, Natürlichkeit und Unmittelbarkeit. Sie nahm das Leben so, wie es kam, und bereute nichts.

Sie spielte nicht den verwundeten Vogel, sie gab nicht vor, wehrlos zu sein. Stattdessen half sie, wo sie konnte, manchmal auf Kosten ihrer eigenen Körperkraft. „Ich packe", kam fast sofort die Antwort. Oskar lachte. „Super, keine unnötigen Fragen", schrieb Oskar zurück. „Nutzlose Fragen sind schließlich nutzlos", kam erneut die schnelle Antwort.

Ist es überhaupt möglich, dass eine Frau wie sie existiere?, dachte Oskar. Er hätte noch mehr Fragen, aber er hat im Moment niemanden, der sie beantworten könnte. Er packte das Nötigste ein und ging dann auf die Terrasse. Es war ein angenehmer Abend und die Luft roch nach Regen.

Er zündete sich eine Zigarette an und blies den Rauch aus. Er hat in letzter Zeit viel geraucht, seit Lena das letzte Mal angerufen hatte. Der Tabakgeruch beruhigte ihn, obwohl er noch nie zuvor geraucht hatte. Aber alles, was in seinem Leben vor sich ging, war irgendwie zu viel für ihn. Lenas Weggang, die unerwartete Trennung, die Begegnung mit Magdalena, der Herzinfarkt des Vaters, der neue Name ... genug für eine Person.

Er lächelte. Und vielleicht wird alles gut. Er fand Magdalena, Vater wurde gesund. Das würde ihm von ganzem Herzen gefallen. Schließlich hat er nur sie. Er beendete das Rauchen und ging direkt unter die Dusche. Er ließ das lauwarme Wasser lange auf seinen muden Körper trommeln.

***

Als er am Flughafen ankam, wartete Jana bereits im Abflugbereich auf ihn. Sie trug ein helltürkises Kapuzensweatshirt, eine dunkelblaue Jogginghose und weiße Lederturnschuhe. Sie sah in Sportkleidung sehr jung aus. Als sie ihn sah, rannte sie zu ihm und gab ihm sofort einen Kuss auf die Wange.

Er roch einen Hauch von frisch gewaschenem Haar, vermischt mit dem starken Duft von schwarzem Opium. „Na, Langschläfer, wo warst du?", sagte sie, anstatt zu grüßen. „Ich habe rumgespielt, wie immer", versuchte Oskar, sich zu verteidigen und sie musterte ihn von oben bis unten.

„Frisch rasiert, gebügeltes Poloshirt, helle Jeans und weiße Turnschuhe. Nun, ich sage dir, du siehst ziemlich gut aus", lobte sie ihn. „Ich habe versucht, nichts dem Zufall zu überlassen", lächelte Oskar. „Man könnte leicht ein Rendezvous vermuten", scherzte Jana. „Es ist mehr als ein Rendezvous", sagte Oskar ernster, ohne zu ahnen, wie seine Worte klingen würden. „Verlobung?" Jana hielt inne. „Mein Gott, nein, das nicht. Ich sage es dir im Flugzeug: Komm jetzt, wir fliegen gleich ab."

„Okay, okay", sagte Jana neugierig.

Sie mochte Oskar, es schien ihr, dass sie sich unglaublich gut ergänzten. Aber sie erkannte, dass sie ihn mehr mochte als nur einen Freund. Sie verspürte den Drang, seine Locken zu streicheln. Aber sie wusste, dass er gerade eine Trennung durchmachte, also wusste sie nicht, was sie von dieser ganzen Reise halten sollte. Bringt er sie zu Lena? *Ich hätte nicht fragen sollen*, dachte sie und verschloss ihre Gefühle tiefer in ihrem Herzen.

Aber was ist wichtiger als ein Rendezvous oder eine Verlobung?, überlegte sie. Sicherlich wusste sie, dass an dieser Reise nach London eine Frau beteiligt war. Und was war mit ihr? Wird sie in schwierigen Zeiten für immer nur seine Freundin bleiben?

Aber worauf wartete sie? Was wollte sie wirklich? Manchmal verstand sie es nicht ganz. Sie war direkt, ja, aber sie achtete auf ihre Gefühle. Ihr Herz kümmerte sich weder um Kummer noch um Schmerz.

Doch die Gefühle für Oskar wurden immer offener, früher oder später wird sie diese Freundschaft aufgeben müssen, bevor sie sich hoffnungslos verliebte.

„Möchtest du etwas?", fragte Oskar, aber sie war zu sehr in ihren eigenen Gedanken versunken, um etwas anderes zu bemerken.

„Hallo, Jana", Oskar schüttelte ihre Schulter, bis sie sich endlich erholte. Sie schaute in seine braunen Augen und spürte, wie ihr die Röte in die Wangen stieg. Sie zuckte zusammen.

„Bist du hier?", fragte Oskar.

„Klar, wo wäre ich?", antwortete sie mit einem Angriff, stoppte und lächelte schnell.

„Wo hast du die pelzige Katze überhaupt hingegeben?" Oskar fragte sich, auf welches einzige Wesen er neidisch sein könnte. Und sie untersuchte, ob er nur so tat, als wäre er interessiert. Männer mochten ihre dicke Katze nicht, bis sie schließlich die Einzige war, die noch übrig war. Aber Oskar nannte ihn „haarig" und trotz des anfänglichen Schocks auf beiden Seiten mochte die Katze Oskar.

„Sie ist zu Hause geblieben", sagte Jana ruhig.

„Wie?" Oskar sah sie an. „Sie hat keinen Pass, sie konnte nicht mitkommen", sie sah ihn an, aber er sah ernst aus, also fuhr sie fort: „Ich habe den Nachbarn gebeten, nach ihr zu sehen und sie zu füttern, keine Sorge", sie lachte.

„Okay, ich glaube dir", lächelte auch Oskar und stupste sie an. „Also, verrätst du mir endlich, was mehr ist als ein Rendezvous und ein Heiratsantrag?", fragte sie plötzlich ernst. So ernst, dass Oskar, wenn er nicht in Gedanken versunken wäre, den Ton der Frage bemerkt hätte.

„Wir werden jemanden suchen", sagte Oskar langsam und spürte, wie seine Stimme zitterte. „Lena?", fragte Jana und spürte fast die Eifersucht in ihrer Stimme. „Lena?", fragte Oskar unverständlich. Jana sah ihn noch verständnisloser an und seufzte unbewusst. „Also wen?", fragte sie ruhiger, fragte sich aber sofort, ob sie etwas anderes hätte fragen sollen.

Wenn er die Frau traf, die Oskar in London suchte, wird er sich nicht mehr gewöhnlich fühlen. „Meine Mutter", sagte Oskar plötzlich. Jana bemerkte, wie seine Augen benebelt wurden und sie verspürte erneut das starke Bedürfnis, sein Gesicht zu streicheln. Sie beherrschte sich, nahm seine Hand und sah ihn an. „Deine Mutter? Wie das?"

Sie verstand es nicht. „Ich weiß, es klingt ... eigentlich weiß ich nicht einmal, wie es sich anhört, aber mein Vater hat mir im Krankenhaus erzählt, dass ich adoptiert wurde", schwieg er. „Ich verstehe es. Ich meine, ich verstehe es nicht wirklich." „Und deine Mutter ist in London?" „Ja, ich habe sie dort getroffen."

„Du kennst sie also?", fragte eine zunehmend verwirrte Jana. „Ich wusste nicht, dass sie es war. Erst mein Vater hat es mir gestern erzählt. Ich traf eine Frau, die ihr ganzes Leben lang in der Ungewissheit lebte, ob ihr Sohn, den sie vor dem sicheren Untergang gerettet hat, noch lebte. Eine Frau, die sich ihr ganzes Leben lang Sorgen machte und sich Sorgen macht, ob all ihr Leiden umsonst war. Ich möchte ihr unbedingt das Gefühl geben, von dem sie mir erzählt hat. Dass sie sich danach sehnt, ihrem Sohn Eduard noch einmal die Locken zu streicheln."

„Ist dein Name Eduard?" Das war das Einzige, was Jana fragen konnte. Sie war erstarrt von dem, was sie gerade fühlte. Sie schmiegten sich unruhig aneinander. „Ja, sie haben meinen Namen geändert, als ich adoptiert wurde. Wenn sie es nicht getan hätten, wüsste sie schon, dass ich ihr Sohn bin, verstehst du?", sagte Oskar fast wütend, kam aber sofort zur Besinnung.

„Sie dachten, ich sei ein unerwünschtes Kind und wollten deshalb jede Erinnerung an die ersten drei Jahre meines Lebens löschen, von denen ich mich eigentlich an nichts erinnern kann", fügte er hinzu. „Und ist es nicht besser?", fragte er plötzlich Jana. „Ja, das ist es tatsächlich. Nur habe ich in den letzten Jahren das Leben um mich herum zerstört, ich war gemein zu Lena, weil ich davon besessen war, die weiße Orchidee zu finden. Und erst jetzt ergibt alles einen Sinn.

„Die weiße Orchidee ist nicht die Frau deines Lebens, sondern deine Mutter", fügte Jana hinzu und hielt immer noch seine Hand. Oskar holte die unter seinem Poloshirt versteckte Kette hervor und nahm den wunderschönen Anhänger in die Hand, den er seit seiner Kindheit trug.

„Meine Mutter hat ihn mir geschenkt, sie hat den gleichen", sagte Oskar und Tränen liefen ihm über die Wangen. Jana beugte sich zu ihm und umarmte ihn fest. Sie wollte ihn nicht mehr gehen lassen. Sie vergrub sich in seinen Armen, in seinen Locken und atmete den Duft seines Körpers ein. Sie spürte unbewusst, wie ihr Atem schneller wurde und ihr Herz raste. Und er streichelte ihr Haar und umarmte sie noch mehr.

„Danke, dass du mitgekommen bist", flüsterte er ihr ins Ohr. „Ich konnte dich nicht alleine lassen", flüsterte sie und er lächelte. Oskar löste sich langsam und sie dachte, dieser schöne

Moment sei vorbei. In dem Moment, in dem sie ihn nicht unterbrechen wollte, wollte sie schon für immer in seinen Armen bleiben. Lass ihn nicht gehen, sag ihm, dass du ihn liebst. Ja, sie liebte ihn wirklich. Aber wie kam es dazu? Sie war so vorsichtig gewesen und doch saß sie jetzt hier, ängstlich und mit zitterndem Herzen. Aber Oskar nahm ihr Gesicht in beide Hände und sah ihr in die Augen.

Sie blickte ihn an, sie schaute nicht weg, aber auch Oskar bemerkte die Angst in ihren Augen. „Wovor hast du Angst?", flüsterte er leise. „Ich habe Angst, dass ich aufwache und du nicht mehr hier sein wirst", sagte sie schwach.

Und Oskar streichelte noch einmal ihr Haar, umarmte sie und drückte sein Gesicht an ihres, so zärtlich er konnte. „Bitte hab keine Angst", flüsterte er und spürte, wie ihr Herz alarmiert schlug. Dieser Moment war genau das, was sie sich so sehr gewünscht hatte. Aber war es nicht nur ein Traum?

Sie hatte Angst, die Augen zu öffnen, aber er flüsterte noch einmal: „Bitte hab keine Angst." In diesem Moment holte sie Luft und hörte auf, Angst zu haben. Sie war wieder sie, die furchtlose, selbstbewusste Jana, aber Jana, die nicht mehr nur ihre pelzige Katze liebte. „Ich liebe dich", flüsterte sie aufrichtig. Sie wollte ihre Gefühle nicht länger verbergen. Sie wollte in vollen Zugen leben, so wie es ihr beigebracht wurde.

Plötzlich hatte sie keine Angst mehr vor dem, was er sagen würde. Plötzlich hatte sie keine Angst mehr, ihr Herz zu offenbaren. Sie empfand Frieden und Glück. „Ich liebe dich", flüsterte auch Oskar. Er fühlte sich erleichtert. Er war froh, dass er bei Frauen nicht mehr nach der weißen Orchidee suchen musste.

Allerdings fand er die weiße Orchidee an diesem Tag nicht in dem Café, in dem sie sich zum ersten Mal trafen. Er wartete vergebens im Park, sie kam nicht. Er fragte im Café, aber niemand kannte die Frau namens Magdalena. Er glaubte nicht einmal, dass er Lena dort treffen könnte, aber das Schicksal wollte, dass sie sich nicht trafen. Damit die ihm von Jana offenbarten Gefühle vom Blick seiner Ex-Freundin unberührt blieben.

Drei Tage vergingen und Magdalena erschien nicht. Oskar wusste, dass der richtige Zeitpunkt noch nicht gekommen war, seine leibliche Mutter zu treffen. Er verstand, dass er geduldig sein musste, aber er wollte ihr so sehr diese Freude bereiten. Er wollte ihr unbedingt sagen, dass er lebte. Er wünschte sich so sehr, ihr Gesicht zu streicheln, ihre Traurigkeit zu vertreiben und ihr zu sagen, sie solle sich keine Sorgen machen. Aber dieses Mal durfte er nicht. Und wenn überhaupt nicht? Die Welt ist riesig, wie viel Glück muss zu seinen Gunsten sein, damit sich ihre Wege wieder kreuzten?

DAS VIERUNDZWANZIGSTE KAPITEL

Alte Erinnerungen

„Ich möchte nur eine kleine Feier, im ganz kleinen Kreis", sagte Eliz und blickte ihren Mann Matias an. „Aber Eliz, auf keinen Fall. Du verdienst mehr als ein einfaches Abendessen." „Mein Lieber, es geht nicht darum, was ich verdiene, sondern darum, was ich will", sagte Eliz traurig und warf sich, gekleidet in ein knielanges dunkelblaues Kleid, auf die Couch.

„Ich weiß, was dich stört, denk nicht daran", antwortete Matias. „Wo sind wir angekommen?", fragte sie und schaute an die hohe Decke, „umgeben von Luxus und doch so allein." Sie hörte auf, sich über all die Dinge zu freuen, die sie erreicht hatte. Sie hörte auf, den Wunsch nach einem Konsumleben zu verspüren, und alles, was sie empfand, war Leere. Das riesige Haus kam ihr so fremd vor, als wäre sie zum ersten Mal darin. Matias setzte sich neben sie und streichelte sie.

„Aber komm schon, wir haben immer noch uns. Wir mögen uns, es geht uns gut, wir sind erfolgreich", konterte er. „Was ist eigentlich Erfolg? Und warum das alles, wenn unser Sohn ..." Sie sprach nicht weiter. „Unser Sohn ...", er hob seine Stimme und stand von der Couch auf, „unser Sohn hat sich entschieden, sein eigenes Leben zu leben." „Das ist meilenweit von unserem entfernt", fügte Eliz hinzu. „Du solltest es schon akzeptieren", sagte er streng.

„Aber ...", wollte Eliz entgegnen, um ihm ihre eigene Wahrheit zu sagen, von der sie überzeugt war, dass sie die einzig richtige war. „Eliz, kein Aber mehr!" „Du warst immer auf seiner Seite, das ist nicht fair", wurde auch sie wütend. „Eliz, diese Welt war noch nie fair und wird es auch nie sein. Du solltest dich damit abfinden", sagte er sanfter und lächelte sie an. „Und was wäre, wenn nicht?" Traurigkeit huschte über ihr Gesicht.

Er zog die Augenbrauen hoch und auf seiner Stirn bildeten sich Falten. „Wenn du es nicht tust, wirst du für den Rest deines Lebens unglücklich sein", stand er auf. „Ich kenne diese Handlung sehr gut.

Vater ein Arzt, Bruder ein Arzt, Onkel ein Arzt, nur ich wollte Architekt werden. Hätte die Mutter damals nicht eingegriffen, wäre die ganze Sache anders gekommen. Ich wäre ein böser und unglücklicher Arzt, unzufrieden mit meinem Leben. Willst du das für Patrik? Zerstörst deine gesamte Beziehung zu deinem Sohn, wofür? Aus Prestigegründen?"

„Er arbeitet in einem Café!", rief sie. „Und er ist glücklich, na und?!" „Bist du überhaupt nicht überrascht?" Eliz sah ihn an und schüttelte den Kopf. „Nein, ich weiß es schon lange", gab Matias zu. „Warum hast du es mir nicht gesagt?" Sie hob erneut ihre Stimme. „Weil du es nicht verstanden hättest", erhob auch er seine Stimme. Sie setzte sich hin. „Du hättest es mir sagen sollen", sagte sie etwas milder.

„Eliz, es würde sich nichts ändern", entgegnete er. „Das hättest du auf jeden Fall tun sollen", sagte sie immer noch wütend. Jeder wusste, dass Patrik im Café arbeitete, nur sie wusste es nicht. Sie haben es einfach vor ihr geheim gehalten. Aber warum?

„Bin ich wirklich eine so schlechte Mutter, dass du vor mir verbergen muss, was mein eigener Sohn tut?", schwirrte es ihr durch den Kopf. „Eliz, verstehe, dass er so glücklich ist. Es hat auch eine Weile gedauert, bis ich das verstanden habe. Aber dann erinnerte ich mich daran, was ich durchgemacht habe. Und ich begann, ihm zu folgen. Zuerst zufällig, dann regelmäßig.

Denn jeden Tag sah ich, wie glücklich die Leute waren, wenn sie seinen Cappuccino bekamen. Und wie glücklich er ist", endete er und beobachtete, wie Eliz Tränen in die Augen traten, bis sie schließlich in Tränen ausbrach. „Was habe ich falsch gemacht?" Sie sah ihren Mann an. „Nichts. Du warst die beste Mutter, die du sein konntest und noch immer sein kannst", sagte Mat freundlich. „Glaubst du, er wird mir jemals vergeben?"

„Wenn du versuchst, ihn zu verstehen und dein eigenes Ego zum Schweigen zu bringen, klar", er lächelte, „komm her, wir werden das gemeinsam durchstehen, wie wir es immer mit allem tun." „Ich bin schwach, ich weiß nicht, ob ich damit klarkomme", schluchzte sie.

„Klar, ich werde dein Ruder sein", lachte er. „Ich liebe dich", sagte sie unter Tränen. „Ich dich auch, Eliz, ich habe nie aufgehört", sagte er ruhig. „Mir kam es vor, als hätten auch wir uns entfremdet", sagte sie leise. „Aber was hast du gedacht? Wir hatten einfach viel zu tun. Wir ergänzen uns natürlich, wir sind ein Team. Vergiss nicht, dass wir gemeinsam das aufgebaut haben, was wir haben."

„Da hast du recht", gab sie zu, „ich weiß nicht, warum ich das alles vergessen habe." „Es war einfach so eine dumme Zeit. Es wird wieder vorübergehen und alles wird in bester Ordnung sein", umarmte er sie fest. „Versprichst du es?", fragte sie und sah ihn liebevoll an. „Ich verspreche es", sagte er leise und sie glaubte ihm. „Was ist mit der Party?", fragte sie.

„Bitte überlasse die Feier mir, okay?" Er streichelte sie sanft. „Okay", stimmte sie schließlich zu. „Vergiss Alex nicht", erinnerte sie ihn. „Wie könnte ich?" Er mochte Alex genauso wie Eliz. Er ist ihnen beiden ans Herz gewachsen, wie ihr eigener Sohn. „Er unterstützt mich immer, er hat mich ins Café mitgenommen", flüsterte Eliz. „Ich weiß", lächelte er. „Ich bin nicht überrascht", sagte sie und lächelte nur. „Ich sehe ihn als unsere Familie, keine Sorge."

Eliz lächelte zufrieden. Trotz allem, was passierte, verspürte sie eine Art Frieden, wenn sie ihren Mann und Alex an ihrer Seite hatte. Die beiden ließen es nie zu, dass sie negativen Gefühlen erlag. Sie sprachen beide direkt und unverblümt, und das wusste sie zu schätzen. Es tat ihr leid, dass sie an Matias' Liebe gezweifelt hatte. Vielleicht war sie einfach nur müde von all dem, vielleicht brauchte sie ein paar Tage Ruhe. „Sollten wir übers Wochenende irgendwohin fahren?", dachte sie plötzlich. „Klar, können wir, wähl einen Termin aus und wir buchen etwas. Das ist eine gute Idee", stimmte Matias zu.

„Wir werden wie früher durch die Landschaft wandern", träumte sie und erkannte, dass sie manchmal tatsächlich gerne die Zeit zurückdrehen würde, um dieses wundervolle Gefühl noch einmal zu erleben. „Und davon träumen, was wir noch zeichnen werden", fügte er hinzu.

„Ja, genau wie damals, als ich Student war. Verliebt, ohne Geld ...", fügte er hinzu, bis er glaubte, den Geruch der Freiheit zu riechen. „Aber mit großen Träumen ..." Ja, beide wussten, wie man unglaublich träumte, deshalb mochte sie Matias so sehr. „Was uns endlich gelungen ist." „Weil wir ein Team sind", lachten beide. „Erinnerst du dich, wie du mich eingewickelt hast?", fragte sie mit einem unbeschwerten Lächeln.

„Ich erinnere mich, es war wie ein Blitz." „Auch für mich, so viele Jungs umkreisten mich und als ich dich sah, blieb ich stehen." „Mir ging es genauso, ich habe dich nur angeschaut und wusste nicht, ob ich träume oder ob ich dich wiedersehen würde ..."

„Ich kann immer noch spüren, wie meine Knie zittern. Es hat mich überhaupt nicht gestört, dass du fast vier Jahre jünger warst", sagte sie verträumt und erinnerte sich in Gedanken an ihre Studienzeit. „Ich bin immer noch vier Jahre jünger", lachte Mat, „aber damals war mir das überhaupt egal, ich interessierte mich nur für dich, sonst nichts."

„Und jetzt?" Sie lachte. „Jetzt kümmert es dich, dass ich vier Jahre älter bin?" „Im Moment ja, weil es dein Geburtstag ist und du nicht feiern willst. Genau wie damals, als du vor mir davongelaufen bist." „Ich dachte, es wäre dir egal, dass ich für dich alt bin. Du warst so jung, charismatisch.

Es muss Dutzende von Frauen gegeben haben, die jünger als ich waren und sich um dich drehten." „Und du siehst, ich habe mich hoffnungslos und für immer in dich verliebt. Ich würde keinen einzigen Tag ändern, den ich mit dir verbracht habe.

Und jetzt, wo ich grau bin, würde mich sowieso niemand mehr wollen", lachte er. „Und vergiss nicht, du warst damals mit diesem gutaussehenden Mann zusammen", war Mat eifersüchtig. „Ja, aber als ich dich sah, versuchte ich, aus dieser Kindheitsliebe herauszukommen", erklärte Eliz langsam, auch wenn es das erste Mal war, dass sie darüber sprachen.

„Ähm, vielleicht Kindheitsliebe. Aber deine Eltern sind auch ein guter Haufen", erinnerte er sie. „Aber bitte, mein Geschmack und der Geschmack meiner Eltern waren zwei diametral unterschiedliche Dinge", erinnerte sie sich plötzlich an diese Tage und spürte sie neu.

„Na, da siehst du", lachte er und sah sie an.

„Oh, du hast mich erwischt, du kennst mich besser als ich mich selbst", gab sie zu.

„Sogar dein und Patriks Geschmack oder deine Meinung zum Leben sind zwei diametral unterschiedliche Dinge", sagte er ernst.

„Du hast mich erwischt", war sie wütend auf sich. Matias erinnerte sie genau daran, was vor langer Zeit passiert war. Sie hatte völlig vergessen, wie es damals war.

„Ihn hat es nicht erwischt", sagte Matias zufrieden.

„Er hat es gefangen", fuhren sie fort.

„Nein, es ist nur die Wahrheit, sonst nichts."

„Oh, ich gebe auf", sagte sie schließlich.

„Was ist mit der Party?"

„Mach, was du für richtig hältst. Ich werde alles überleben, wenn du da bist."

„Einverstanden", lächelte Matias ruhig.

„Sag mir einfach, wohin ich kommen soll, und ich komme."

„Du siehst, wie gehorsam du sein kannst", lachten beide und Eliz schien mit Matias mit allem klarzukommen. Er war ihre Stütze, ihr Freund, ihre Liebe, ihr Liebhaber. Alles in einer Person. Und sie hat es nie bereut, den guten Teil aufgegeben zu haben, den ihre Eltern für sie ausgewählt hatten.

***

Sie trug ein elegantes olivgrünes Kleid mit einem Faltenrock. Es betonte ihre schöne Figur und die Farbe schmeichelte ihrer Haut sehr. *Bin ich wirklich fünfzig?*, dachte sie und lächelte. Sie hatte ein schönes Leben, aber es fühlte sich immer noch so an, als würde es ihr durch die Finger rutschen und sie konnte es nicht so genießen, wie sie es sich gewünscht hätte.

Feine Fältchen zierten ihr Gesicht und sie widerstand ihnen nie, ganz im Gegenteil. Mit den Jahren fühlte sie sich schöner und reifer. Eigentlich dachte sie, als sie jung war, sie wäre wegen ihrer Haarfarbe sehr hässlich. Sie wollte sie sogar schwarz färben, doch da lernte sie Matias kennen und er liebte ihre roten Haare.

Er wollte nichts ändern, für ihn war sie schön und blieb schön. Um ihren Hals trug sie ein auffälliges goldenes Schmuckstück mit einem Smaragdstein, der zu den Ohrringen passte. Sie hatte keine Lust zu feiern, aber da sie es Matias bereits versprochen hatte, wollte sie ihre Entscheidung nicht ändern. Früher wurde fast jedes erfolgreich abgeschlossene Projekt oder jede Auszeichnung gefeiert. Sie genoss den Erfolg, die Bewunderung und das Prestige, die sie und ihr Mann fast aus dem Nichts aufgebaut hatten.

„Bist du bereit?", rief Matias ihr aus der Küche zu und unterbrach ihren Gedankengang.

„Ja, das bin ich, ich komme", sie blickte ein letztes Mal in den Spiegel. Sie war zufrieden. Sie sah selbst mi Fünfzig großartig aus, denn am Ende spielt es keine Rolle. Alter ist nur eine Zahl.

Matias erwartete sie in einem eleganten blassrosa Hemd und einer dunkelblauen Freizeithose. Er mochte keine Anzüge, der legere, informelle Stil passte besser zu ihm, aber Eliz hingegen mochte elegante Kleider am liebsten.

„Du siehst wunderschön aus", lobte er sie, als er sie entdeckte.

„Danke, es steht dir heute auch", schmeichelte sie ihm ebenfalls.

„Erst heute?", scherzte er und küsste sie sanft auf die Wange.

„Ja, sowohl heute als auch in den letzten dreißig Jahren", lachte sie.

„Bereit zum Feiern?", sagte Matias.

„Mehr oder weniger nein, aber lass uns gehen", sagte sie und zog schwarze Lackpumps an.

„Na ja, was auch immer du willst", er reichte ihr lächelnd die Augenmaske.

„Das meinst du nicht im Ernst?", schnappte sie.

„Ich meine es ernst", sagte er bestimmt und sie nahm gehorsam die Maske an.

Sie fuhren fast zwanzig Minuten lang mit dem Taxi und Matias hielt die ganze Zeit ihre Hand.

„Also, wohin gehen wir? Sag es mir", drängte sie, aber er schwieg und antwortete erst nach einem Moment: „Irgendwohin, wo es dir wirklich gefällt."

Als sie ausstiegen, ging Matias mit schnellen Schritten um das Auto herum und reichte ihr die Hand.

„Komm, sei vorsichtig, wir sind gleich da", sagte er zu ihr.

Und sie stieg resigniert aus und ging langsam hinter ihm her. Sie spürte, wie sich ihre Schuhe sanft in die winzigen Kieselsteine gruben, hatte aber überhaupt keine Ahnung, wohin Matias sie brachte. Bis sie schließlich stoppten und er ihr erneut ins Ohr flüsterte.

„Bereit?"

Diesmal jedoch brannte sie vor Neugier, und mit entschlossener Stimme sagte sie: „Fertig", und griff nach der Maske. Aber Matias hielt ihre Hand zurück.

„Nicht so schnell, genieße jeden Moment, jede Sekunde. Das ist dein Abend", er ließ die Maske auf ihrem Gesicht. Er nahm ihre Hand und sie gingen noch ein paar Schritte. Als sie anhielten, packte er sie um die Taille.

In ihrer Nähe begann langsam Musik zu erklingen. Sanfte Töne begleiteten ihre Schritte und plötzlich füllten Tränen Eliz' Augen. Mat kam noch näher an sie heran und begann, langsam mit ihr zu tanzen. Die Musik war wunderschön und nach ein paar Minuten Tanzen entfernte er sanft die Maske von ihren Augen und sie fand sich inmitten eines wunderschönen Gartens wieder, der voller Blumen war.

Erst jetzt wurde ihr klar, dass der zarte Duft, den sie wahrnahm, der Duft eines blühenden Gartens war. Während sie zusammen tanzten, bemerkte sie, dass es im Garten einen offenen Pavillon gab, in dem ein großer runder Tisch in Rosa- und Blumentönen aufgestellt war. Sie weinte, aber Matias küsste sie. „Alles Gute zum Geburtstag, Eliz", flüsterte er.

„Danke", sagte Eliz. Er drehte sie ein letztes Mal und die Musik verstummte. Erst dann bemerkte sie, dass die Musik nicht aus den Lautsprechern kam, sondern aus dem Pavillon, wo sich eine kleine Gruppe Musiker befand und in deren Mitte eine junge Sängerin stand, die langsam zu singen begann: „Ich werde dich mitnehmen. Die Sterne, wo nur du und ich sein werden, wo unsere Liebe wachsen wird ..." Eliz war so bewegt, dass sie Matias' Hand nur fest drückte.

Als die Sängerin das Lied beendete, flüsterte Matias ihr zu: „Ich habe diesen Text nur für dich geschrieben, damit du weißt, wie sehr ich dich liebe", flüsterte er und sie sah ihn an und küsste ihn. „Eliz, alles Gute", ertönte das Mikrofon, gefolgt von einem leisen Klatschen. Sie blickte sich um und sah eine kleine Gruppe ihrer engsten Freunde, darunter Alex mit einem kleinen Jungen und eine ältere Dame, die die Hand des Jungen hielt.

Eliz war glücklich, Matias hielt immer noch ihre Hand und zog sie sanft zum festlichen Tisch. Nach und nach begann eine kleine Gruppe, ihr zu gratulieren, sie zu umarmen und ihr Geschenke zu überreichen. Als Alex mit dem Gefolge näherkam, sagte sie: „Alex, ich bin froh, dass du auch deinen Sohn mitgebracht hast", sagte sie und sah den kleinen Nicolas an.

„Du bist jetzt schon ein ganz großer Junge", sagte sie, bückte sich und nahm den Wiesenblumenstrauß an, den der kleine Junge ihr reichte. „Alles Gute, Tante Eliz", sagte er und lächelte sie an. Eliz wandte sich dann an die alte Dame und Alex und sagte: „Hallo Magdalena, ich habe Sie lange nicht gesehen, wie geht es Ihnen?"

Und Magdalena, elegant gekleidet wie eine echte Dame, antwortete: „Danke der Nachfrage, mir geht es großartig, schließlich bin ich von so wundervollen Jungs umgeben. Hier fehlt nur mein Ehemann, der sich aber entschuldigt, dass er nicht kommen konnte und Sie grüßt."

Matias war der Letzte, der Glückwünsche überbrachte. Er trug eine große, schmale Schachtel, die in wunderschönes dunkelgrünes Seidenpapier eingewickelt und mit einem Band mit leuchtend rosa Blüten eines Zierkirschbaums zusammengebunden war. Er gab ihr das Geschenk und sie küsste ihn und wollte das Geschenk zwischen den anderen noch nicht ausgepackten Geschenken verstauen. Sie packte sie immer zu Hause aus, aber Matias hielt sie davon ab.

„Mach bitte eine Ausnahme und packe dieses hier aus", er sah sie liebevoll an.

Sie schnappte sich eine große Kiste und stellte sie vorsichtig auf den Tisch, wo er inzwischen Platz dafür geschaffen hatte. Sie löste das Band, pflückte vorsichtig die Kirschblüten und begann vorsichtig, das Seidenpapier zu zerreißen.

Darin befand sich keine Kiste, sondern eine umgedrehte Leinwand. Und so konnte sie nicht erraten, was auf dem Bild war. Sie dachte, es sei ein Gemälde, das sie letztes Jahr gemeinsam in einer Galerie gesehen hatten. Es hatte eine ähnliche Größe wie dieses. Darauf befand sich eine blühende Wiese voller Blumen. Das Bild war so authentisch, dass sie fast spüren konnte, wie der Duft der Wiesenblumen ihr Gesicht kitzelte.

Als sie das gesamte Papier auspackte, drehte sie das Bild langsam um. Fassungslos sah sie Matias an, aber er lächelte nur. Sie starrte auf das Bild und die ersten Tränen erschienen auf ihren Wangen.

„Aber wie?", fragte sie laut.

„Gefällt es dir nicht?", antwortete Matias mit einer Frage und sie spürte, wie alle sie anstarrten.

„Es ist das schonste Gemälde, das ich je gesehen habe", sagte sie gerührt und übergab das Gemälde den anderen, um ihnen zu zeigen, was darauf zu sehen war. Sie hatte das Bild schon einmal gesehen, allerdings in Miniaturform. Cappuccino-Malerei. Bild einer Frau mit Hut, die auf der Terrasse eines Cafés sitzt. Bild einer Frau mit schlagendem Herzen. Ein Bild, auf dem niemand Geringeres als Eliz selbst zu sehen war.

„Eliz, komm schon, weine nicht", Matias strich ihr übers Haar. „Schau, hier ist noch jemand, der dir alles Gute zum Geburtstag wünschen möchte. Der Maler deines Bildes."

Eliz hob ihren tränenüberströmten Kopf vom Gemälde und sah, wie Patrik durch den Garten direkt auf sie zukam. In seinen Händen hielt er einen wunderschönen Strauß Wiesenblumen. Seine Augen waren voller Emotionen, aber er hatte ein sanftes

Lächeln auf seinem Gesicht. In diesem Moment bebte nicht nur Eliz' Herz, sondern auch das von Magdalena.

Sie hätte nie gedacht, dass Patrik und der Junge mit dem Cappuccino ein und dieselbe Person sein könnten. Das letzte Mal sah sie Patrik, als er noch ein ganz kleiner Junge war, und seitdem ist er zu einem richtigen Mann herangewachsen. Eine sanfte Träne lief aus ihrem rechten Auge, *was für unvorstellbare Zufälle das Leben bereithalten kann,* dachte sie.

Eliz stand auf, legte das Bild ab und rannte in seine Richtung. Als sie fast zusammen waren, blieben beide stehen und sahen sich einige Sekunden lang an. Als ob es Jahre her wäre, seit sie sich gesehen hatten, und dann umarmte Eliz ihn fest. So stark, wie es nur eine Mutter kann. Und er erwiderte die Umarmung.

DAS FÜNFUNDZWANZIGSTE KAPITEL

Schmerz

„Es tut mir leid, das hatte ich nicht vor", entschuldigte sich der ältere Mann, der Alex im Türrahmen traf, als ihm plötzlich klar wurde, dass er den Mann kannte, mit dem er zusammengestoßen war. „Alex, sind Sie das?"

„Hallo Herr Barley", grüßte Alex respektvoll, „nichts ist passiert." Er wollte gerade gehen, aber der ältere Herr setzte sein Gespräch fort. „Wie geht es Ihnen? Und Ihrer Frau?" Alex kannte Mr. Barley aus dem Theater, in dem Annie angefangen hatte. Doch beim Wort „Frau" klingelte sein Handy und auf dem Display erschien eine Nummer, wodurch Alex' Gesicht ernst wurde und er nicht mehr wahrnahm, wo er war und was um ihn herum geschah.

„Bitte?", sagte er leise ins Telefon und rannte sofort eilig aus dem Café, ohne sich zu verabschieden. Er bemerkte überhaupt nicht, wie Lenas Gesicht langsam von einem breiten Lächeln zu einem steifen Ausdruck wechselte, bis nur noch ein Grinsen auf ihrem Gesicht erschien, das ein Lächeln nachahmte. Ihr Geist befand sich in einer Art Nebelschleier und alle Geräusche begannen in ihrem Kopf zu schreien.

„Ihrer Frau, Ihrer Frau", hallte es in ihrem Kopf. Und sie konnte nichts tun, sie stand einfach hilflos da. Ihre Schicht war gerade zu Ende und sie und Alex wollten gerade ausgehen. Sie konnte nicht einmal in die Umkleidekabine gehen und sich umziehen, sie ging einfach in ihrer Café-Uniform in ihre Wohnung.

Die Treppen kamen ihr endlos vor, sie rieb an der Wand und konnte ihre Beine nicht heben. Sie musste anhalten und konnte nicht zu Atem kommen, während sie versuchte, ihr schnell schlagendes Herz zu beruhigen. Sie fühlte sich, als würde sie gleich umfallen, und die ganze Welt drehte sich nur noch, alles kam ihr fern vor. Schließlich gelang es ihr, zur Vorderseite ihrer

Wohnung zu gelangen, sie aufzuschließen und einzutreten. Sie lehnte sich gegen die Tür und ließ sich langsam auf den Boden sinken. Nichts vor ihren Augen, nur pechschwarze Dunkelheit.

Sie ist umgefallen. Als sie nach langer Zeit aufwachte, fing sie an, in ihrer Handtasche zu wühlen und nach ihrem Handy zu suchen. Als sie es fand, wählte sie schnell Patriks Nummer. „Hallo, Lena?", sagte Patrik irgendwie seltsam und alles um ihn herum hallte wider. Aber Lena schwieg und schluchzte nur.

„Lena, was ist los? Hallo?", fragte Patrik besorgt, doch Lena antwortete immer noch nicht. „Komm schon, Lena, sprich", sagte er noch einmal. Und nach ein paar Sekunden sagte sie einen Satz, den sie selbst nicht glauben wollte, der ihr sehr weit entfernt vorkam, obwohl sie ihn mit eigenen Ohren hörte. „Alex hat eine Frau", sagte sie mit fast fremder Stimme.

„Lena, du musst dich beruhigen", sagte Patrik langsam, „Alex wird es dir auf jeden Fall erklären." „Wie kannst du erklären, dass er eine Frau hat und mich friedlich trifft?" Lena schrie fast vor Verzweiflung. „Er hat sicherlich seine Gründe, warum er es dir nicht gesagt hat", sagte Patrik mit unveränderter Stimme. Eigentlich wollte er sich nicht einmischen, er mochte Alex und Lena, aber einige Dinge mussten sie selbst klären.

„Warte", hielt Lena inne, „das wusstest du?", die Frage blieb in der Luft hängen, Patrik schwieg und nach einer Weile sagte er: „Komm schon, Lena, das wird bestimmt alles geklärt", aber Lena konnte das nicht mehr hören. Sie legte den Hörer auf und weinte verzweifelt. Aber Patrik rief sie nicht zurück, er konnte nicht, so sehr er es auch wollte, er konnte nicht. Er musste sie verlassen, ihr Herz brechen lassen, Alex musste ihr alles selbst erklären.

Als sie erneut nach ihrem Telefon griff, fand sie ohne nachzudenken die Nummer von Alex, blockierte sie und löschte sie dann. Das Gleiche tat sie sofort mit Patriks Nummer. Schließlich hat er ihr das beigebracht, nicht wahr?

Er war derjenige, der ihr beibrachte, ihr Herz zu schützen und nach vorne zu schauen. Er war der, der sie dazu drängte, nicht zuzulassen, dass die Vergangenheit die Gegenwart und die Zukunft zerstörte. Sie öffnete den Schrank, holte den Koffer heraus und packte die nötigsten Dinge ein. Sie rief ein Taxi und fuhr zum Flughafen. Sie erkundigte sich nach dem ersten verfügbaren Flug in den nächsten Stunden und kaufte anschließend ein Ticket nach Hamburg.

Sie hatte genau zwei Stunden Zeit, ihre Gedanken zu ordnen. Hamburg? Was dort? Sie kannte dort niemanden. Sie hatte keinen Job. Und so öffnete sie den Browser auf ihrem Mobiltelefon. Die erste Stellenanzeige, die auftauchte, lautete:

„Ein kleines Familienrestaurant direkt am Strand der wunderschönen Insel Sylt sucht Verstärkung für sein Team."

„Die Insel Sylt, woher kenne ich das?", schwirrte ihr durch den Kopf, aber sie erinnerte sich nicht daran, dass Oskar immer wieder diese malerische Insel erwähnte. Ohne zu zögern rief sie die Anzeige an und vereinbarte einen Termin. Sie merkte nicht einmal, dass sie wieder weglief. Vor dem Kummer, vor der Konfrontation, schließlich wie immer vor einem ernsteren Problem. Aber in diesem Moment war es die einzig mögliche Lösung für ihr verratenes Herz und ihr verratenes Vertrauen.

Kurz vor dem Abflug verfasste sie noch einen Text aus dem Flugzeug, womit das London-Kapitel komplett abgeschlossen war. An Marc eine Entschuldigung, dass sie nicht mehr ins Café kam, dass die Wohnungsschlüssel im Kasten waren, dass er ihren letzten Gehaltsscheck für die Miete verwenden sollte und vor allem ein großes Dankeschön für alles, was er für sie getan hatte. Sie blockierte ihn daraufhin ebenfalls.

***

Voller Energie rannte er ins Krankenhaus, wo seine Mutter und der kleine Nicolas, Francesco, Eliz, Matias und Patrik bereits auf ihn warteten. Schlechte Nachrichten verbreiteten sich schnell. Alle sahen ihn grimmig an und erwarteten, dass seine Ankunft alles verändern würde, aber das Gegenteil war der Fall. In diesem Moment geschah kein Wunder, nur eine harte Landung.

Er hatte große Angst, er dachte einmal, dass er nach all den Jahren der Ungewissheit und des Wartens bereit sein sollte. Aber egal, wie sehr man es versuchte, auf manche Situationen konnte man sich nicht vorbereiten. Im Gegenteil, ihn überkam diese menschliche Hilflosigkeit, die niemand erkennt oder nicht zugeben will, wenn alles in Ordnung ist.

Doch dann kommt der Tag, an dem selbst das stärkste Herz vor Trauer platzt und die Trauer nicht mehr aufzuhalten ist. Der Arzt kam heraus und ging direkt zu Alex. Er streckte seine Hand aus und bedeutete ihm, ihm zu folgen. Unterwegs sprach er ihn in Sätzen an, die er nicht verstand, er nahm nur das ernste Gesicht des Arztes wahr, aber alles andere verlief hinter der Schallschutzwand. Er sah, wie Menschen den Mund öffneten, aber er verstand kein Wort. Sie blieben bei dem Bett stehen, in dem Annie lag.

Sie war durchscheinend wie klares Glas und zerbrechlich wie eine Porzellanpuppe. Sie lag still, zu still. Alex bemerkte erst nach einer Weile, dass sie von allen Geräten getrennt war. Tränen begannen zu fließen und er hielt sanft ihre Hände, dann streichelte er ihr Haar und ihr Gesicht. „Annie, meine Annie", rief er und ergriff krampfhaft ihre Hand. Der Arzt kam auf ihn zu und streichelte mitfühlend seine Schulter. „Sie ist immer noch so schön", sagte Alex und sah den Arzt an. „Sie war eine außergewöhnliche Frau.

Sie hörte bis zum letzten Moment nicht auf zu kämpfen. Alex, es tut mir so leid." „Genau heute sind seit ihrem Sturz vier Jahre vergangen, das habe ich immer gehofft", sagte Alex, aber es fiel ihm schwer, seine Worte herauszubekommen. Er sprach nicht fließend, er atmete flach. In den letzten vier Jahren wurde sein Leben wie mit einem Zauberstabschlag in nutzlose Stücke zerschmettert.

Der Unfall, der Annie im Theater widerfuhr, verwandelte sein Leben in endlose Tage voller Traurigkeit. Er lebte von Tag zu Tag. Hätten ihm Nicolas und seine Eltern, die viel Zeit in London verbrachten, nicht geholfen, mit dem kleinen Kind umzugehen, wäre er sicherlich zusammengebrochen. Erst als er

Lena traf, schienen ein paar Sonnenstrahlen in sein Leben einzudringen, die ihn wärmten und für einige Momente Freude in seine Seele zurückbrachten.

„Ich weiß, Alex, ich weiß", unterbrach die Stimme des Arztes seine Gedanken. „Zeit zu gehen", sagte er langsam und klopfte sich erneut auf die Schulter. Aber er wollte nicht gehen, er wollte Annie nicht begraben. Das Krankenhaus und die eingeschalteten Maschinen gaben ihm immer noch Hoffnung. Aber jetzt hörte er nichts Es herrschte nur Stille. Die Stille, die das Ende markierte. Er stand langsam auf und ging auf den Flur hinaus, wobei er noch einmal in die Tür schaute, um zu sehen, ob sich etwas verändert hatte.

Auf dem Flur umarmten ihn seine Mutter und nach und nach alle. Eliz, Matias, Francesco, Patrik, er beobachtete ihre tränenreichen Gesichter. Nur sein Vater fehlte, aber ansonsten waren alle hier. Alle seine Lieben und Annies Lieben, ihre Eltern, ihre Schwester ... Können Worte überhaupt ausdrücken, wie leid es ihnen allen tat? Schließlich war Annie eine junge Frau, schön und voller Leben, und nun hat ihr Herz den Dienst an diesem Leben für immer aufgegeben. Seine eigene Mutter umarmte ihn am längsten, sie wollte ihn von dieser unerträglichen Traurigkeit, diesem Schmerz befreien, der ihn erfasste.

Sie wollte für ihn leiden, sie wollte alles geben, damit ihr Sohn nicht leiden musste. Ihn einfach wieder lachen zu sehen, sich wieder zu freuen. Sie wusste, dass sie damit umgehen konnte, denn sie konnte mit noch schlimmeren Schmerzen umgehen. Der Schmerz, ihr eigenes Kind aufgeben zu müssen, um sein Leben zu retten. Der Schmerz, der sie jeden Tag erfasste. Sorgen darüber, ob alles Sinn gemacht hat. Sie griff unbewusst nach dem weißen Orchideenanhänger und erkannte in diesem Moment, dass Alex' Schmerz nicht verschwinden würde, egal, wie sehr sie es wollte, dass er ihn noch viele Jahre lang bis ins Mark verletzen würde.

Genauso, wie es ihr wehgetan hat. Und Alex spürte den Schmerz, der ihm die Seele brach, aber er wusste, dass er an dem Tag, als er Annie verlor, noch eine zweite Frau hatte, die er, wie ihm klar wurde, auch anfing, zu lieben. Jede von ihnen auf eine ganz andere Art und Weise, aber beide unglaublich stark. Ein ernstes Gespräch mit Lena, in dem er ihr alles selbst erklären wollte, schob er so sehr hinaus, dass er am Ende auch sie verlor, aber das wusste sein verletztes Herz in diesem Moment noch nicht.

Sieben Monate später

Der endlose Sand und die Wellen, die unerbittlich die Küsten der Insel umspülten, waren ein Bild, das Lenas ruhelosen Geist jeden Tag streichelte. Die Tage, an denen sie nachts schwitzend aufwachte und morgens anderen und später sich selbst die Schuld gab, vergingen nach und nach und ihr Leben war vom Inselalltag geprägt.

Sie ist mit diesem wunderschönen Ort gewachsen, nach sieben Monaten kannte sie jeden Zentimeter und jedes Tier, jede Blume, jede Düne, jeden Menschen. Sie hatte Glück, die Insel nahm sie auf, als wäre sie seine längst verlorene Tochter, und die Freundlichkeit der Menschen übertraf den Schatten, den sie mit sich brachte.

Ein Schatten, der plötzlich verschwand und sie sich jeden Tag auf den Morgen freute, auf einen Strandspaziergang, den sie genoss, bevor es Zeit war, das Restaurant für die ersten Touristen zu öffnen. Sie erkannte die Touristen immer wieder, sie alle hatten diesen liebevollen Blick, der sich nach ein paar Augenblicken auf der Insel in ihren Augen festsetzte.

Die Energie dieses Stücks Paradies zog jeden in seinen Bann. Es war für niemanden seltsam, dass er dieses seltsame Zittern des Herzens verspürte, wenn sie sich auf der Insel Sylt befanden. Sie verabschiedete sich von niemandem, denn sie wusste, dass der Besucher früher oder später wieder hierher zurückkommen würde. Sie würden wieder stundenlang am Strand sitzen und den Wellen zuschauen, genau wie sie.

Außerdem wusste sie sehr gut, dass jeder Tourist, der die Insel besuchte, nicht an ihrem Restaurant vorbeikommen konnte. Und so konnte sie sie aus der Ferne und aus der Nähe beobachten, diese Vielfalt. Alle waren sich einig über diesen außergewöhnlich schönen Ort.

Nach dem verregneten London ging in Lenas Leben die Sonne auf. Sie saß auf der Terrasse, es war ein wunderschöner Morgen und sie blickte auf den Strand. In der Ferne bemerkte sie die ersten eifrigen Touristen, denn der Strand war morgens am schönsten. Glatt, unberührt vom menschlichen Fuß.

Sie wusste nicht einmal, warum, aber als sie das ferne Paar betrachtete, erinnerte sie sich an Oskar. Vielleicht erinnerte sie die Silhouette des Mannes an ihn, doch genau in diesem Moment wurde ihr Gedankengang durch den ersten Kunden unterbrochen. Sie sah auch, wie sich das verliebte Paar an den Strand setzte, wie er sie umarmte und küsste. Bei diesem Anblick war sie ein wenig erschrocken.

Sie wusste nicht einmal, was oder wer dahinter steckte. Währenddessen flüsterte ein Paar am Strand einander Geständnisse zu. Er hielt ihre Hand fest und sie lehnte an seiner Schulter. Nur die leichte Brise konnte die Worte hören, die sie leise austauschten. „Es ist wunderschön hier", sagte sie und er nickte stumm. Erst nach einer langen Weile sprach er weiter: „Ich kann hier nicht genug davon bekommen, es war schon immer mein Traum, hierher zu kommen", sagte er ruhig. „Und jetzt ist es für dich wahr geworden", lächelte sie.

„Ich bin froh, dass du mitgekommen bist. Es bedeutet mir sehr viel", er sah sie an. „Du bedeutest mir viel, Oskar", lächelte sie. „Ich liebe dich, Jana." Lena hatte keine Ahnung, dass sie Oskar an diesem Tag treffen würde, sonst wäre sie vielleicht wieder weggelaufen. Aber die Insel wollte sie nicht gehen lassen, wollte nicht, dass sie weglief.

Sie hielt sie an Ort und Stelle, als ob sie dorthin gehörte. Und manchmal ist es besser, nicht wegzulaufen, sondern sich der Vergangenheit zu stellen, damit sie uns ein für alle Mal nicht mehr verfolgt. Steh ihr gegenüber. Akzeptiere die Entschuldigung, die Oskar viele Monate lang für sie vorbereitet hatte. Sie musste einfach den ersten Schock überwinden, als sie sich von Angesicht zu Angesicht trafen.

Und dann sah sie Glück und Liebe in seinen Augen und eine schöne Frau an seiner Seite, die sie anlächelte, als sie kam, um sie im Restaurant zu bedienen. Das Lächeln der schönen Frau erstarrte ein wenig, als sie merkte, wer vor ihr stand, doch Oskar ergriff ihre Hand und verdrängte die Wolke aus ihrem Kopf.

Als sie mit dem Essen fertig waren, dachte Oskar lange nach, bis er schließlich Lena fragte, ob sie mitkommen könne und Lena eigentlich keine andere Wahl hatte. Sie setzte sich auf und spürte, wie ihr Gesicht rot wurde und ihr Herz schneller schlug. „Lena, ich möchte mich hier vor Jana für mein Verhalten dir gegenüber entschuldigen. Ich habe meine innere Unsicherheit und meine vergebliche Suche nach einer weißen Orchidee an dir ausgelassen. Bitte vergib mir", schloss er und sah Lena mit einem aufrichtigen Blick an. Lena erwartete alles Mögliche, aber kein so tiefes Geständnis.

„Oskar, ich möchte mich auch bei dir dafür entschuldigen, dass ich vor dir weggelaufen bin, aber ich war damals nicht in der Lage, der Wahrheit ins Auge zu sehen, wie ich es jetzt bin. Ich habe dir schon vor langer Zeit vergeben, wir sind nicht füreinander geschaffen. Aber ich freue mich, dass du deine weiße Orchidee gefunden hast, dass die Suche nicht umsonst war und dass du glücklich bist", lächelte sie und sah auch Jana süß an.

„Eigentlich habe ich schon aufgehört, nach der weißen Orchidee zu suchen", gab Oskar unerwartet zu und Lena sah ihn seltsam an, als verstand sie nicht, was er sagte, aber Oskar fuhr fort: „Weißt du, die weiße Orchidee ist eigentlich nicht die Frau meines Lebens und war es auch nie, sondern meine Mutter." „Ich verstehe dich jetzt nicht ganz", sagte Lena unsicher und Oskar begann, ihr die Geschichte von Magdalena, von der Beichte ihres Vaters zu erzählen.

Am Ende der Geschichte sah er, wie Lena Tränen in die Augen stiegen, als sie erfuhr, dass Oskar bei seiner Suche erfolglos geblieben war. „Aber ich kenne Magdalena", sagte sie fast geistesabwesend und Oskars und Janas Herzen rasten. „Wieso?", sagten sie fast gleichzeitig. „Ich habe sie auch in London getroffen. Aber sie hat mir diese Geschichte nie erzählt. Ich blieb in engem Kontakt mit ihr, eigentlich nur mit ihr aus London, und diesen Freitag soll sie auch mit ihrem Sohn und ihrem kleinen Enkel in den Urlaub hierherkommen", schloss Lena gelassen.

„Also habe ich einen Bruder? Und einen Neffen?", fragte Oskar hastig.

„Ich kenne ihn nicht persönlich, aber von Magdalena weiß ich, dass seine Frau kürzlich gestorben ist. Mehr weiß ich leider nicht", entschuldigte sich Lena. Und Oskars Herz klopfte so heftig, dass er aufstehen, nach draußen gehen und tief durchatmen musste.

Wird er seine Mutter wirklich in zwei Tagen treffen? Hat er wirklich einen Bruder? Was ist, wenn sie nicht dieselbe Magdalena ist, die er kennengelernt hat? Was ist, wenn? Zweifel, Angst, Freude, nichts davon konnte er in diesem Moment kontrollieren und alles strömte auf einmal aus seinem Inneren heraus.

Lena blickte Oskar nur ruhig an, der von Emotionen überwältigt war. Sie hatte keine Ahnung, dass sie in nur zwei Tagen auch von Emotionen überwältigt werden würde. Wird sie dieses Mal nicht weglaufen? Wird sie auf Alex hören? Wird sie ihm verzeihen? Und liebt sie ihn überhaupt noch?

In diesem Moment wusste sie nichts davon, sie saß einfach ruhig da und schaute hinaus.

Doch in zwei Tagen wird ihre Stimme zittern, ihr Herz wird zittern, ihre Beine werden sich weigern zu rennen. Sie werden am Boden festgehalten, bis sie Alex zuhört. Ihre Tränen werden fließen, ihre Augen werden den kleinen Nikolaus, Magdalena und Oskar beobachten. Denn plötzlich wird jeder ein Teil ihres Lebens.

Und Alex wird plötzlich keine Traurigkeit mehr in seinen Augen haben. Und Magdalenas Schatten, der sie jahrelang verfolgte, wird verschwinden. Denn Herzen, die sich treffen sollen, werden sich immer treffen, selbst nach einem gewaltigen Sturm, der sie fast zerstört hätte, wird die Sonne aufgehen und Frieden und Wärme in ihre Seelen gießen.

Die Autorin

Eva Konrád, geboren 1980 in der Slowakei,
arbeitet als Finanzmanagerin für ein ausländisches
Unternehmen. Ihre Hochschulausbildung absolvier-
te sie an der Wirtschaftsuniversität Bratislava.
Schon als Kind hat sie jede freie Minute dem Lesen
von Büchern gewidmet und später im Teenager-
alter dem Schreiben von Geschichten und Ge-
dichten. Ihr Vater und ihr Großvater haben ihr die
Liebe zu Büchern und zum Schreiben beigebracht.
Schreiben bedeutet für sie eine Reise in die Fantasie und ist für sie ein großes Geschenk, das sie
anderen machen kann – wofür sie sehr dankbar ist.
Die Autorin reist, wandert und schwimmt gerne
in ihrer Freizeit. Sie ist verheiratet und hat eine
Tochter.

Der Verlag

*Wer aufhört
besser zu werden,
hat aufgehört
gut zu sein!*

Basierend auf diesem Motto ist es dem novum Verlag
ein Anliegen, neue Manuskripte aufzuspüren, zu ver-
öffentlichen und deren Autoren langfristig zu fördern.
Mittlerweile gilt der 1997 gegründete und mehrfach
prämierte Verlag als Spezialist für Neuautoren in
Deutschland, Österreich und der Schweiz.

**Für jedes neue Manuskript wird innerhalb we-
niger Wochen eine kostenfreie, unverbindliche
Lektorats-Prüfung erstellt.**

Weitere Informationen zum Verlag und
seinen Büchern finden Sie im Internet unter:

w w w . n o v u m v e r l a g . c o m